Huit Nuits

en

Décembre

Également Par Keira Andrews

En Français

Kidnappé par un pirate

Un Daddy pour Noël

Un faux petit ami pour Noël

Lune de miel en solitaire

Huit Nuits en Décembre

Quand l'amour brille de mille feux…

Transfert à Ottawa

Au Pied du Sapin

Par-delà l'océan

Si ce n'est qu'un rêve

Rumspringa Interdit

Un Nouveau Départ

Trouver son Chez-soi

Le Voeu de Noël

Passion en Arctique

Vaincre les Ténèbres

Combattre la Marée

En Allemand

Kalter Krieg

Im Notfall

Jenseits des Ozeans

Geisel des Piraten

Codename: Valor

Testphase Valor

En Italien

Fuoco nel ghiaccio
Luna Di Miele Per Single
Il Patto Di Natale
Rapito dal Pirata
Segni d'intesa
In Capo Al Mondo
Beyond the Sea (Italian Translation)
Sogno di Natale
The Next Competitor (Italian Translation)
Valor on the Move (Italian Translation)
Test of Valor (Italian Translation)
Contro La Tenebra
Contro La Marea
Rise: Una favola gay
Una Passione Proibita
Una Nuova Vita
La Strada Verso Casa
Semper Fi (Italian Translation)

En Anglais

Contemporary

Honeymoon for One
Beyond the Sea
Ends of the Earth
Arctic Fire
The Chimera Affair

Holiday

The Christmas Deal
The Christmas Leap
Only One Bed
Merry Cherry Christmas
Santa Daddy
In Case of Emergency
Eight Nights in December
If Only in My Dreams
Where the Lovelight Gleams
Gay Romance Holiday Collection
Lumberjack Under the Tree (free read!)

Sports

Kiss and Cry
Reading the Signs
Cold War
The Next Competitor
Love Match
Synchronicity (free read!)

Gay Amish Romance Series

A Forbidden Rumspringa
A Clean Break
A Way Home
A Very English Christmas

Valor Duology

Valor on the Move
Test of Valor
Complete Valor Duology

Lifeguards of Barking Beach

Flash Rip

Swept Away (free read!)

Historical

Kidnapped by the Pirate

Semper Fi

The Station

Voyageurs (free read!)

Paranormal

Kick at the Darkness Trilogy

Kick at the Darkness

Fight the Tide

Taste of Midnight (free read!)

Fantasy

Barbarian Duet

Wed to the Barbarian

The Barbarian's Vow

Huit Nuits en Décembre

Par
Keira Andrews

Huit Nuits en Décembre
Écrit et publié par Keira Andrews © **2017**
2ᵉ Édition – Révisée et complétée
La précédente édition initialement publiée par Loose Id en 2007
Print Édition

Tous droits réservés. Ce livre ou toute partie de celui-ci ne peut être reproduit de quelque manière que ce ne soit ni utilisé sans l'accord écrit de l'auteur ou de la maison d'édition, excepté pour une brève citation lors d'une chronique du livre.

Couverture : © Dar Albert
Titre original : Eight Nights in December
Traduction de l'Anglais : © HL
Relecture : © Manhon Tutin, © Reivilo

ISBN : 978-1-988260-79-2

Ceci est une œuvre de fiction. Les noms, personnages, lieux et évènements sont également le produit de l'imagination de l'auteur ou utilisés à titre fictif. L'écriture de ce livre n'a causé aucun préjudice à personne. Toute ressemblance avec des personnes décédées ou vivantes ou des évènements actuels ne serait que pure coïncidence.

Le symbole de la Menora a été créé par Freepik de www.flaticon.com sous la licence CC 3.0 BY

Dédicace

Merci à Anara Bella et Davina Jamison pour leur aide inestimable avec cette nouvelle retravaillée.

Chapitre Un

ALORS QU'IL TOURNAIT à l'angle de l'escalier, Lucas Mackenzie pouvait déjà entendre les battements de la basse électrique émanant au-dessus de lui. Il serra les dents, sachant sans aucun doute que cela provenait de sa chambre.

Eh bien, la chambre de Sam Kramer.

C'était aussi techniquement la chambre de Lucas, mais Sam ne laissait pas ce fait l'arrêter de faire exactement ce qu'il voulait, quand il le voulait. En tant que prochaine vedette de l'équipe de basketball de l'université de Brookfield, Sam était habitué à obtenir ce qu'il désirait et le plus souvent, Lucas n'avait pas l'énergie de protester.

Le jeune homme traversa le couloir, contournant des fêtards qui célébraient la fin des examens de décembre. Tout le monde à l'étage, excepté Lucas, était des étudiants de dernière année, et bien qu'il connaisse assez certains d'entre eux pour les saluer, cela ne dépassait jamais les hochements de tête et les sourires.

Le cœur déjà battant à la pensée de discuter, il dépassa les personnes saoules assises à l'entrée de la porte et fut accueilli par une canette de bière froide qui rebondit sur son torse et alla rouler au pied de son lit.

— Mon pote !

Tout le monde était le pote de Sam.

— Les cours sont finis ! cria-t-il bruyamment, ses bras musclés passés au-dessus de sa tête.

Sam avait les cheveux bruns, était grand et magnifique ; ses traits fins et ses muscles sculptés seraient tout aussi parfaits dans un film à l'écran que sur un terrain de basketball.

Lucas ignora le serrement de son estomac et adressa à Sam un pouce levé.

— Je suis complètement excité !

Il avait appris au début du semestre que la meilleure manière de gérer Sam était d'être d'accord avec tout ce qu'il disait. De plus, Lucas *aurait dû* être excité. Les examens étaient finis, et quel genre d'étudiant n'aimait pas faire la fête et se défoncer ?

D'après Lucas, il était apparemment le seul.

— Prends une bière et viens faire la fête avec nous !

Hochant la tête et souriant, Lucas ramassa la bière de sous son lit et l'ouvrit après avoir rangé son sac à dos dans l'armoire... la seule partie de la petite pièce qui n'était pas occupée par un autre étudiant. Comment autant de personnes avaient-elles pu entrer dans la petite chambre ? De la sueur dégoulinait de sa nuque, et de la bière sur ses doigts. Il avala une gorgée de la canette.

Une fille que Lucas reconnut comme résidant au bout du couloir était étendue sur son lit, enfonçant sa langue dans la gorge d'un gars qui avait l'air assez vieux pour avoir passé sept ou huit ans à l'université. Lucas pensa nostalgiquement à se pelotonner sous les couvertures et à regarder un film sur son ordinateur portable.

— C'est enfin les vacances !

La proclamation de Sam fut saluée par une acclamation forte des fêtards. Lucas garda un léger sourire sur son visage alors qu'il traversait la chambre pour se rendre dans le couloir, relevant sa canette de bière bien haut comme pour porter un toast. Il s'échappa vers les escaliers, espérant qu'il ne croiserait pas...

— Lucas !

Andrea Price se matérialisa devant lui, souriant largement.

— Salut, Andrea. Hum...

Dis quelque chose. C'est la partie où tu dis quelque

chose.

— Comment ça va ?

— Super ! Je suis contente que les examens soient finis ! J'ai hâte de rentrer à la maison.

— Moi aussi, dit Lucas, le mensonge sortant facilement de sa bouche. Hum, eh bien, amuse-toi bien à la fête.

Andrea toucha son bras, ses doigts légers sur son biceps.

— Je pensais que nous pourrions peut-être traîner dans ma chambre en bas, murmura-t-elle en le regardant de sous ses cils rendus épais par son mascara.

Lucas grogna intérieurement. Andrea était une étudiante de première année et une belle fille – blonde et petite avec un sourire lumineux –, mais elle n'était pas le type de Lucas.

Loin de là.

Il était sorti avec des filles auparavant, et il savait que la plupart d'entre elles le trouvaient sexy, mais il ne savait pas exactement pourquoi. Il n'avait aucun sens de la mode, et bien qu'il mesure un mètre quatre-vingt, il n'avait pas les gros muscles de Sam et des autres athlètes. Pourtant, il avait entendu Andrea et son amie parler de ses « cheveux dorés » et de « ses yeux verts étincelants… comme des émeraudes ! »

De l'exagération pure et simple.

Malheureusement, il ne trouvait pas les femmes attirantes. Du moins, pas de la manière dont elles le trouvaient, elles, attirant.

— Oh, je… hum, j'ai une terrible migraine. Je vais juste sortir prendre un peu l'air.

Attends, va-t-elle penser que c'était une invitation pour flirter ?

Il lâcha soudain :

— Seul.

Son visage s'assombrit pendant une fraction de seconde avant qu'elle ne sourie à nouveau.

— Oh, bien sûr, je comprends. Prends soin de toi. Et joyeux Noël si on ne se recroise pas, ce soir.

— Euh oui. Toi aussi. Hum, merci.

Il força un large sourire.

— Joyeux Noël !

Il grimaça intérieurement en pensant à quel point cela avait eu l'air maladroit.

Laissant une Andrea déçue dans son sillage, Lucas atteignit les escaliers et dépassa un étage pour aller sur le toit. Il aurait aimé l'avoir comme amie, mais elle semblait incapable de lire les signaux qu'il lui envoyait, alors il avait commencé à l'éviter quelques semaines plus tôt. Il ne voulait pas qu'elle se fasse des idées ou quoi que ce soit d'autre.

Il avait brièvement pensé sortir avec elle afin qu'il rencontre d'autres personnes, mais il avait juré depuis son départ du Michigan qu'il arrêterait de faire semblant. En plus, ce serait salaud de sa part de sortir avec Andrea, sachant qu'il l'utiliserait. Il devait faire son coming-out et commencer à être lui-même… peu importe qui il était vraiment.

Tous les signes montrent que t'es un raté, pensa-t-il, se maudissant.

Il était trop dégonflé pour rejoindre l'association gay du campus, donc maintenant il ne sortait pas avec des femmes *ni* avec des hommes. Il se disait que ce serait sa résolution pour le Nouvel An, d'avoir enfin le courage de se joindre au club, et de *rencontrer* au moins quelques personnes homosexuelles. L'adhésion rendrait tout ça officiel – une possibilité un peu effrayante.

L'air frais de la nuit l'accueillit alors qu'il ouvrait la porte. Un groupe de cinq ou six personnes se trouvaient tout près, soufflant sur leurs cigarettes. Lucas hocha la tête dans leur direction et se dirigea vers l'autre côté du toit, une partie qui était habituellement déserte. S'appuyant contre le haut mur en briques, il regarda en bas, son souffle formant un nuage d'air devant son visage.

Il savait qu'être asocial ne l'aiderait pas à s'adapter à Brookfield, mais les fêtes le rendaient stupidement nerveux. Et s'il disait une bêtise ? Il n'était pas doué pour les banalités. De plus, on aurait dit qu'il avait des convulsions quand il dansait, et il détestait la musique bruyante et la foule.

Peut-être qu'il aurait dû juste dire à Andrea qu'il était gay, elle le prendrait bien et ils pourraient ensuite traîner ensemble…

Mais que se passerait-il si elle ne le prenait pas bien ? Son estomac se noua. Et si elle le disait à tout le monde et que Sam flippait ? Ce dernier avait été furieux d'avoir été coincé avec un étudiant de première année, et bien qu'il apprécie Lucas à sa propre manière maintenant, il y avait toujours le risque qu'il devienne homophobe ? Lucas ne l'avait entendu dire aucune injure, mais…

À cause du travail de ventes de son père à Ford, Lucas avait beaucoup déménagé pendant des années et n'avait jamais eu des amitiés durables. Il avait espéré que l'université changerait ça, mais pour l'instant, pas vraiment. Il ne pouvait que se blâmer lui-même. Toutefois, plus il était stressé à l'idée de se faire des amis, plus il gâchait tout et voulait se cacher.

La basse électrique d'en bas faisait un bruit sourd à travers la semelle de ses chaussures, plus supportable à présent. Le campus s'étendait devant lui, les lumières scintillant joyeusement sur les arbres qui bordaient les ruelles, continuant autour de vieux bâtiments imposants.

C'était le dix-huit décembre, le dernier jour du semestre d'automne. Lucas était presque sûr qu'il avait bien travaillé durant son dernier examen – *chimie organique, ugh* – et il avait espéré que les parents de Sam l'auraient déjà emmené. Celui-ci vivait à New York, à quelques heures de la petite ville au nord de New York qui abritait Brookfield. Lucas voulait plus que tout se détendre dans sa chambre et se coucher tôt après avoir veillé tard pour réviser durant les deux dernières semaines.

Manifestement, il devrait attendre jusqu'au lendemain quand le campus se viderait pour avoir la paix et un peu de calme. Même s'il voulait du temps pour lui, Lucas savait que les deux prochaines semaines seraient un peu *trop calmes*.

Demain, tous les étudiants qui n'étaient pas encore rentrés chez eux s'en iraient, laissant derrière eux un campus fantôme. Le responsable des dortoirs lui avait dit qu'il serait le seul à cet étage qui ne partirait pas pour les fêtes, et bien qu'il soit content pour ce répit loin des fêtards, passer Noël complètement seul était une perspective déprimante. Il aimait être seul la plupart du temps, mais il avait peur que la solitude se glisse en lui et plante ses racines.

Il pensa à son père et prit rapidement une gorgée de bière pour repousser la sensation d'oppression dans sa gorge. Plus de fumeurs arrivèrent, riant gaiement alors qu'ils envahissaient le toit. Prenant une autre gorgée de la boisson froide, Lucas resta dans l'ombre.

— UHHHH.

Un autre coup dur à la porte résonna dans la pièce et Lucas se força à ouvrir les yeux, puisque Sam n'était apparemment pas en mesure de former des mots. Le jeune homme avait l'impression de ne pas avoir dormi longtemps, mais la lumière qui filtrait par la fenêtre racontait une autre histoire.

— Samuel, c'est ta mère.

Sa voix était douce, mais ferme de l'autre côté de la porte.

— Uhhh, répéta Sam, sa tête toujours enfouie sous la couverture.

D'un coup de pied, Lucas repoussa les canettes de bière vides sous le lit et essaya de couvrir les traces des activités de la nuit dernière, enfonçant le bang de Sam dans un tiroir. Quand il ouvrit la porte, il sourit largement, non sans effort.

— Madame Kramer ? Je suis Lucas.

— Contente de vous connaître enfin, dit-elle en tendant sa main et en serrant la sienne fermement, les pierres précieuses sur ses bagues de bon goût étincelant.

Il se tint de côté alors qu'elle englobait la pièce de son regard, celui-ci se posant sur la pile de vêtements sales, les livres, et les cartons de pizza abandonnés. Madame Kramer avait l'air d'être dans la cinquantaine, mais Lucas n'en était pas certain. Sam mentionnait rarement sa famille ; la plus grande partie de ses conversations se résumaient au basketball, à faire la fête, et aux filles. Beaucoup, beaucoup de filles.

La mère de Sam était de taille moyenne, avec de courts cheveux noirs, sans une trace de cheveux gris. Sa chemise noire et son manteau camel était bien repassé.

— Samuel.

Celui-ci grogna de façon inintelligible.

Lucas adressa un sourire à Madame Kramer.

— Il n'est pas vraiment du matin, mais je pense que vous le savez déjà.

— En effet.

Elle s'avança de quelques pas vers le lit de Sam, ses talons claquant sur le sol. Avec un geste brusque, elle tira la couverture.

— Il est temps de te lever, jeune homme !

Sam, ne portant que son boxer, grogna à nouveau avant de rouler sur le dos et d'ouvrir ses yeux.

— M'man ! Je pensais que tu allais venir plus tard.

— Il est plus tard. Presque midi.

Sam gémit.

— Pourquoi es-tu pressée ?

— Hanoucca commence ce soir, au coucher du soleil et je te l'ai dit des dizaines de fois. Alors, lève-toi et commence à te préparer. Nous avons trois heures de route pour rentrer, et j'ai des choses à faire.

Marmonnant dans sa barbe, Sam se leva et sortit de la chambre pour se diriger vers la salle de bain qui se trouvait au bout du couloir, laissant Lucas et Madame Kramer, seuls.

Le jeune homme sourit.

— Je vous aurais bien offert un siège, mais…

Lui retournant son sourire, elle s'assit sur un côté du lit de son fils.

— Ne vous en faites pas.

Elle regarda la chambre encore une fois avant de retourner son attention vers Lucas.

— Vos parents arrivent-ils aujourd'hui aussi ?

Lucas détestait cette partie. Les visages plissés et les excuses murmurées. La pitié.

— Non, je n'ai pas de famille, dit-il en forçant un

sourire. Mais ça va. Je vais avoir la chambre pour moi seul pendant les deux prochaines semaines. Ce sera super.

— Pas de famille ? Du tout ? demanda Madame Kramer en le regardant avec un nouvel intérêt qui le troubla un peu.

— Eh bien, j'ai quelques cousins au Texas, mais je ne les ai jamais rencontrés.

— Qu'est-il arrivé à vos parents ?

Lucas tressaillit de surprise. Habituellement, les gens tournaient autour du pot pendant un moment avant de poser la question.

— Ma mère est morte quand j'étais petit ; mon père en septembre. Cancer.

— Je suis tellement désolée d'entendre ça, dit-elle, son visage plissé d'inquiétude. Cela a dû être difficile pour vous.

Difficile était un mot bien faible pour décrire son état, mais Lucas hocha la tête.

— Ouais.

— C'est pour cette raison que vous avez commencé l'école en octobre. Je me rappelle que Sam n'avait pas été très heureux de découvrir que pour finir, il partageait une chambre. Je lui ai dit qu'il devrait déménager du campus, mais il a insisté pour rester dans un dortoir. Je ne peux qu'imaginer que c'est à cause du nombre de jeunes filles vivant ici.

Son sourire était désabusé.

— Ouais, Sam était *très excité* quand j'ai emménagé. Mais mes professeurs étaient tous d'accord pour me laisser commencer l'université en retard, surtout que je suis un étudiant de première année.

Son père avait insisté sur le fait que Lucas entre à l'université pour l'automne, puisque les médecins ne s'étaient pas attendus à ce qu'il survive jusqu'en été. Quand septembre avait commencé, Lucas et son père s'étaient disputés pendant des jours, le jeune homme refusant de laisser son père alors que celui-ci avait été catégorique : à vingt ans, Lucas avait déjà retardé son avenir depuis trop longtemps. Ce dernier avait gagné la bataille et avait tenu la main de son père tandis qu'il quittait ce monde.

L'université avait été très compréhensive quant à son début tardif, mais à présent, il était seul dans un campus où tout le monde dans sa classe s'était déjà fait des amis au début de l'année et grâce à une pénurie de dortoirs, son camarade de chambre était un sportif de dernière année. Lucas pouvait déménager – mis à part son assurance-vie, son père lui avait laissé beaucoup d'argent –, mais ensuite, il aurait été encore plus isolé.

Il s'éclaircit la gorge, impatient de changer de sujet.

— Alors, Hanoucca commence ce soir. Ce doit être sympa.

— Oui, c'est une belle période de l'année. Qu'allez-vous faire pour Noël ?

— Oh, juste traîner là ou faire quelque chose. Je ne suis pas religieux, donc ce n'est pas bien grave.

— Hmmm.

Elle se leva et regarda la chambre à nouveau.

— Avez-vous une valise ou un de ces sacs que mon fils adore ?

— Je vous demande pardon ?

Le sac de Lucas était quelque part au fond de son placard, et à moins que…

— Faites vos bagages, Lucas. Vous allez passer les vacances avec nous.

— Oh, c'est très gentil à vous, mais je ne voudrais pas m'imposer.

En dépit d'à quel point il serait seul à Noël, il était impatient d'être loin de Sam pendant quelque temps.

— Vous pouvez et vous allez le faire. Il n'est pas question que je vous laisse ici tout seul.

— J'apprécie vraiment votre intérêt, mais ça ira. Vraiment.

Sam revint, ayant l'air bien plus réveillé qu'auparavant. Sa mère se tourna vers lui.

— Samuel, Lucas va passer les vacances avec nous. Sais-tu où il garde son sac de voyage ?

Se mettant debout, Lucas était très tenté de tirer sur le bras de Madame Kramer pour qu'elle l'écoute.

— Merci, mais je ne suis même pas juif. Je ne veux pas m'imposer pendant votre Hanoucca.

Elle fit un geste dédaigneux.

— Ne soyez pas ridicule. Vous êtes le bienvenu et je ne vous laisserai pas…

Elle regarda de nouveau autour d'elle, son nez se plissant avant de continuer.

— … *ici.*

Bâillant largement, Sam lui tapota l'épaule.

— Mec, ça ne sert à rien de discuter. Crois-moi.

Lucas ouvrit la bouche pour protester, mais il ne put penser à une seule bonne raison pour rester dans le campus seul pendant les vacances. Même s'il devait supporter Sam, peut-être qu'il pourrait faire du tourisme ou quelque chose comme ça.

Une demi-heure plus tard, Lucas se retrouva dans le siège arrière de la voiture des Kramer, se dirigeant vers la ville de New York alors que les premiers flocons de neige de la saison tombaient.

Chapitre Deux

TANDIS QU'ILS TRAVERSAIENT le pont de Staten Island, Lucas jeta un coup d'œil par la vitre alors qu'ils passaient la ville. Sam ronflait légèrement dans le siège avant, et Madame Kramer écoutait une conférence sur une station radio que Lucas avait arrêté d'écouter près de Poughkeepsie.

— Êtes-vous déjà allé en ville ? demanda Madame Kramer.

Sa voix sortit Lucas de ses pensées.

— Non, c'est la première fois.

— Nous allons devoir vous faire visiter.

— Oh, vous n'avez pas à faire ça, dit Lucas, se sentant déjà embarrassé.

— J'insiste. Je suis certaine que Sam serait plus qu'heureux de vous conduire à Manhattan. Il y a une superbe exposition Degas au Frick.

Lucas réalisa que la meilleure manière de se comporter avec Madame Kramer était la même que celle qu'il adoptait avec Sam : il hocha la tête et sourit.

— Merci, c'est très gentil.

Bien sûr, l'idée que Sam aille volontairement dans un endroit où l'on ne servait pas de bière était complètement inconcevable.

Ils n'étaient sur l'île que depuis dix minutes quand ils se garèrent dans l'allée d'une maison en brique de deux étages. La pelouse et les arbustes étaient aussi soignés que Madame Kramer, et les grandes baies vitrées scintillaient d'une lumière légère dans l'après-midi sombre.

— Quelle belle maison vous avez !

Sam se réveilla de sa torpeur et marmonna quelque chose. Madame Kramer sourit largement dans le rétroviseur, son rouge à lèvres toujours intact en dépit du café qu'elle avait pris.

— Merci, mon cher.

À l'intérieur, un homme que Lucas supposait être le père de Sam s'avança dans le foyer pour les accueillir. Il était grand, mince et dégarni avec des lunettes sur la tête. Il avait l'air de quelqu'un qui venait de se réveiller d'une sieste.

— Bonjour, fils. Vous avez fait bonne route ? demanda-t-il en étreignant Sam.

— Salut, p'pa. Ouais, je crois.

— Il a dormi pendant tout le trajet, comme d'habitude, Benjamin. Comme tu l'aurais fait toi-même.

Monsieur Kramer haussa les épaules d'un air penaud.

— Tel père, tel fils, je suppose.

Il remarqua soudainement Lucas, qui se tenait juste à l'entrée de la porte, tenant son sac de voyage.

— Et qui est-ce ?

Madame Kramer fit avancer Lucas d'une main douce posée sur son bras.

— Si tu avais vérifié les messages sur ton téléphone, tu saurais que c'est le camarade de chambre de Sam, Lucas. Il va passer les vacances des fêtes avec nous.

Après un instant de surprise, Monsieur Kramer sourit largement, serrant la main de Lucas fermement.

— Bienvenu ! Ravi de vous rencontrer.

— Merci, content de vous rencontrer aussi.

Lucas regarda autour de lui, ce qu'il apercevait était une maison décorée avec goût. Le salon était fait d'acajou sombre, accentué par des couleurs rouges et jaunes. Il aperçut la cuisine au bout du hall d'entrée et vit encore plus de placards en acajou et des appareils en acier inoxydable.

— La chambre de Sam est toujours dégoûtante depuis Thanksgiving, l'informa Madame Kramer en lançant un regard noir à Sam alors qu'il ouvrait la bouche. Je te l'ai déjà dit : je ne suis plus ta femme de ménage.

Regardant sa délicate montre en or, elle serra les lèvres avant de poursuivre.

— Je dois m'organiser dans la cuisine ; tout le monde sera là avant même que nous le sachions. Nathaniel a un lit supplémentaire dans sa chambre, donc Lucas pourra rester là.

Ce dernier suivit Sam en montant les marches situées à droite.

— Tu as de la chance, tu vas squatter avec mon petit frère geek.

— Tu es sûr que ça ne le dérangera pas ?

Lucas ne serait certainement pas heureux et il devait admettre que la pensée de partager une chambre avec un gamin n'était pas sa vision du bon temps. Sam était déjà suffisant.

— On s'en fiche. On fait ce que Maman dit.

En haut des marches, Sam claqua sur la porte de gauche.

— Yo, raté ! Ouvre !

Après ça, il continua son chemin dans le couloir, qui était décoré dans des tons de vert et de marron.

— Attends, tu ne vas pas nous présenter ?

— Mec, je dois pisser.

Sur ce, Sam disparut par une autre porte, la fermant derrière lui.

Après avoir attendu une bonne vingtaine de secondes sans recevoir de réponse, Lucas frappa à la porte timidement. Il n'entendit aucun mouvement à l'intérieur, alors après une autre minute, il frappa un peu plus fort. Cette fois-ci, il entendit ce qui lui sembla être un juron, suivi par un « Quoi » aboyé.

Lucas entra doucement la tête dans l'entrebâillement. La grande chambre avait deux lits jumeaux sur le côté gauche du mur et le frère de Sam était assis à un bureau contre la fenêtre qui lui faisait face. Lucas vit immédiatement que ce n'était pas du tout un gamin. De dos, il avait l'air d'avoir l'âge de Lucas, avec des cheveux châtains courts et ondulés.

— Je suis en train de lire, Sam.

— Hum, je suis désolé de te déranger, dit Lucas en se tenant sur le seuil d'un air embarrassé, ne sachant pas comment procéder.

Nathaniel pivota dans son siège.

— Qui es-tu ?

Il le regarda avec de grands yeux à travers des lunettes à monture noire, ses traits fins le rendant plus joli que beau.

— Je suis le camarade de chambre de Sam. De l'université. Je crois que je vais être le tien pour les vacances.

Il regarda la chambre propre et bien soignée, couverte de tapisserie enfantine représentant des voiliers et des ancrages. Au centre de chaque mur, des photographies noires et blanches. Les photos frappantes de belles montagnes et d'arbres semblaient déplacées.

Nathaniel déglutit face à cette information et sourit d'un air piteux.

— C'est une idée de ma mère, je suppose.

— Comment l'as-tu deviné ? fit Lucas en lui retournant son sourire. Écoute, mec, je suis désolé. Je ne serais pas heureux si j'étais à ta place.

Il haussa les épaules.

— C'est cool.

— Merci. Je suis Lucas, au fait.

Il laissa tomber son sac de voyage et s'avança vers le bureau, tendant la main.

Nathaniel se redressa et Lucas put constater qu'ils étaient de la même taille, le frère de Sam était plus petit d'un centimètre, peut-être. Il observa Lucas pendant un long moment avant de prendre sa main.

— Appelle-moi Nate.

Le ventre de Lucas papillonna, et il parla un peu trop

fort.

— OK, Nate !

Il s'éclaircit la gorge et reprit sa main.

— Hum. Je veux dire, cool. Ou peu importe.

Il regarda à nouveau la chambre.

— Tu aimes les voiliers ?

Nate ricana.

— Pas depuis dix ans. Je dois changer la déco, je sais.

Il regarda Lucas pendant quelques instants, ses yeux parcourant le visage du jeune homme. Puis il serra l'épaule de ce dernier, envoyant des étincelles à travers son bras.

— Fais comme chez toi, d'accord ?

Lucas ne put que hocher la tête avant de se retourner et de prendre son sac. Le petit frère de Sam était *sexy*. Il se sermonna intérieurement. *Ne craque pas pour lui. Ne sois pas nul. Ne rends pas les choses embarrassantes dans la chambre que vous allez partager !*

Quand il se retourna, Nate se penchait sur son bureau, tapotant sur son clavier. Son cul ferme portant un jean était exposé devant lui, et Lucas pouvait difficilement détourner le regard. Sam était un tel imbécile que Lucas n'était absolument pas attiré par lui en dépit de sa beauté. Il était un peu trop musclé de toute manière. Mais Nate était grand et mince, son jean slim lui collait aux cuisses…

Nate jeta un regard par-dessus son épaule, remontant ses lunettes sur son nez.

— Tu as besoin de quelque chose ?

Oh putain, oui.

Lucas réussit à couiner.

— Non !

Puis il s'occupa à farfouiller dans son sac de voyage.

Ce *besoin* l'avait torturé pendant des années maintenant, mais il avait eu trop peur pour coucher avec un autre gars. Lucas s'ordonna de se maîtriser et de s'assurer qu'il ne s'embarrasse pas. Peut-être qu'il aurait dû rester seul dans le dortoir après tout.

Pourtant, il ne put s'empêcher de jeter des coups d'œil à Nate, qui regardait son ordinateur, penché toujours sur le bureau, complètement distrait.

Il n'y avait aucun mal à regarder, n'est-ce pas ?

LUCAS LISSA SA chemise avec la paume de sa main et regretta à nouveau de ne pas avoir pensé à demander à Madame Kramer un fer à repasser. C'était la seule qu'il possédait qui avait des boutons et qui était sombre, et après avoir été entassée dans son sac depuis des heures, elle était un peu trop froissée pour être portée.

Il s'appuya contre l'encadrement de la porte entre le salon et la salle à manger, regardant les proches de Sam discuter joyeusement. Il y avait des grands-parents, des tantes, des oncles et des cousins. Quatorze personnes en tout. Ils avaient été amicaux dès qu'on l'avait présenté, mais Lucas ne pouvait s'empêcher de ne pas se sentir à sa place ici. Il n'avait pas beaucoup participé aux fêtes familiales et jamais, aux célébrations juives.

— Très bien, tout le monde, il est temps d'allumer la menora ! lança Madame Kramer en claquant des mains pour attirer leur attention. Samuel, pourquoi ne nous fais-tu pas l'honneur de lire les bénédictions ?

Sam n'avait pas l'air trop excité, mais il s'avança sagement vers le chandelier orné devant la baie vitrée. De la haute chandelle dans le centre, deux branches de quatre chandelles s'incurvaient gracieusement vers le bas, à gauche et à droite. Après un instant, Sam dit quelque chose qui ressemblait à de l'hébreu pour Lucas.

Presque tous les invités récitèrent les bénédictions avec Sam. Deux autres bénédictions suivirent et Lucas se demanda s'il devait incliner la tête. Il jeta un regard autour de lui et trouva Nate qui l'observait de l'autre côté. Les joues en feu, Lucas se concentra sur Sam alors qu'il allumait la chandelle du milieu sur la menora, suivie par la dernière sur la droite.

— Nathaniel, viens et récite le *Hanérot Halalou*. Arrête de te cacher à l'arrière, dit Madame Kramer en tendant sa main, et Nate s'avança.

Prenant le petit livre de sa mère, il redressa ses lunettes et commença à lire lentement. Sa voix était douce et mélodieuse, contrairement à celle de Sam. Lucas pouvait à peine croire qu'ils étaient parents, encore moins des frères.

Quand Nate finit, Madame Kramer commença à chanter, tout le monde suivant son exemple. Lucas ne pouvait pas comprendre les paroles, et alors que les versets continuaient, il lui sembla que les personnes âgées les connaissaient, quant à elles, par cœur. Après la fin de la chanson, Madame Kramer apporta des plateaux remplis de ce qui lui semblait être des donuts saupoudrés sans trous.

— Haut les mains, voici la meilleure partie d'Hanoucca, dit une belle jeune femme avec de longs cheveux roux en souriant à Lucas avec enthousiasme, un plateau dans la main. Essayes-en un.

Lucas lui retourna son sourire et prit un donut.

— Merci. Hum, euh…

Il réussit enfin à poser la question.

— Quel est ton nom ?

— Je suis Rachelle. Sam et Nate sont mes cousins.

Tu es Lucas, pas vrai ? demanda-t-elle en lui souriant.

— C'est moi.

Lucas regarda Nate, qui était à présent seul à l'autre bout de la pièce, feuilletant le livre de prières.

— Alors, comment est Nate ?

Il espéra que son ton était léger.

— Nate ? Il a toujours été calme. Il a vingt et un ans, mais il n'a jamais eu de petite amie. Toujours trop occupé à étudier et à prendre des photos. Je ne sais pas ; il est bizarre.

De la honte traversa son visage.

— Je veux dire, je l'aime, bien sûr ! C'est vraiment un gars gentil.

Il hocha la tête.

— Oh, d'accord.

Madame Kramer passa devant eux, plongée apparemment en pleine dispute avec un vieil homme.

Rachelle leva les yeux au ciel.

— Ne fais pas attention à eux. Papa pense toujours que nous devrions observer le Sabbat chaque vendredi. Ce qui voudrait dire, aller à la synagogue et ne pas cuisiner ou utiliser des voitures pour se rendre à la maison. Pas d'électricité du tout. Ce n'est absolument pas pratique.

— Suit-il vraiment les règles chaque semaine ?

— Oui, mais lui et ma Bubbe – notre grand-mère – sont les seuls pratiquants dans la famille, l'informa Rachelle en se penchant vers lui et en baissant la voix. Sauf s'il y a un match des Mets un vendredi. Alors, tous les paris sont ouverts.

Riant, Lucas mangea un morceau de donut et une douceur divine emplit sa bouche.

— Waouh, tu avais raison. C'est délicieux. Je ne savais pas que les juifs avaient des donuts spéciales fêtes.

— Une *soufgania*, mais ouais, c'est essentiellement ce qu'elles sont.

— Et vous les mangez avant le dîner ?

— Dans notre famille, nous les mangeons avant et après. Parfois durant les dîners, dit Nate, apparaissant à côté de Lucas et tendant sa main vers le plateau.

Celui-ci se mit à rire.

— C'est mieux que la dinde, c'est sûr.

Non que son père et lui fêtaient Noël d'une manière traditionnelle. Ils avaient adopté leur propre tradition : des pizzas, des sucreries et du football à la télévision. Son père avait beaucoup aimé ce sport, et même si ce n'était pas le cas pour Lucas, il ne s'en était jamais plaint.

Il se rappelait leur dernier Noël, quand son père n'avait pu avaler quoi que ce soit à cause de l'interminable chimio. Tous ses beaux cheveux noirs avaient disparu, le visage gonflé et le corps frêle. Il avait dormi dans son fauteuil roulant la moitié du temps, mais Lucas avait laissé le jeu continuer, juste au cas où son père se réveillerait.

Nate fronça les sourcils.

— Est-ce que ça va ?

— Hum ? Oh ouais, répondit Lucas en hochant la tête vigoureusement et en prenant une énorme bouchée du donut.

— Rachelle, je pense que maman a besoin de toi dans la cuisine, dit Nate.

Après son départ, Lucas déglutit, clignant des yeux rapidement et les baissant vers le sol. Il allait se ridiculiser s'il ne se reprenait pas. Prenant une profonde inspiration pour se calmer, il mordit à nouveau dans son donut et essaya d'agir normalement.

— Alors, vous mangez comme ça pendant huit jours consécutifs ?

Nate sourit doucement.

— Non, nous avons juste un grand dîner la première nuit et une fois encore avant que ça ne soit fini, ça dépend de l'emploi du temps de tout le monde. Nous allumons la menora chaque nuit, mais c'est tout. Hanoucca n'est pas bien compliquée. Ce n'est pas une fête religieuse comme le Yom Kippour[1] ou Roch Hashana.[2]

Un autre plateau passa, et ils prirent tous les deux un autre donut. Lucas savait que son père voudrait qu'il aille de l'avant et soit heureux, et il avait été tellement inquiet de laisser son fils seul. Lucas lui avait promis de se faire des amis, et puisqu'il avait totalement échoué à l'université, peut-être qu'il pourrait commencer avec Nate.

— Quels autres délices juifs m'attendent-ils ce soir ?

— Tu aimes les patates ?

— Qui n'aime *pas* les patates ?

Nate sembla réfléchir à la question sérieusement.

— Personne.

Puis il ajouta :

— Les patates seront en forme de pancake. *Latkes.*

— J'espère qu'il n'y a pas de sirop d'érable dessus.

Alors que Nate souriait, une fossette apparut sur sa joue gauche, et Lucas sentit un papillonnement dans son ventre. Il avait fait rire Nate ! Cela allait bien se passer. Il n'avait rien dit de stupide, pas encore de toute façon.

Il se rappela à nouveau que la dernière chose qu'il

---

[1] Également appelé le Jour du Grand Pardon, est une fête juive considérée comme la plus sainte de l'année juive.
[2] Est une fête juive célébrant la nouvelle année civile du calendrier hébraïque.

devait faire était d'avoir le béguin pour le frère de Sam. Ce frère avec qui il allait partager une chambre pendant les deux semaines à venir. Il allait s'en faire un ami et c'était tout.

Madame Kramer passa devant eux, insistant sur le fait que Lucas mange la dernière soufgania sur son plateau. Il obéit reconnaissant et l'engouffra dans sa bouche.

— Il est temps de s'asseoir.

La main de Nate fut chaude sur l'épaule de Lucas et il y eut ce frisson à nouveau. Il hocha la tête et le suivit dans la salle à manger, espérant que ses joues n'étaient pas trop rouges.

UNE ENVIE PRESSANTE réveilla Lucas et le faible son de l'eau qui coulait pénétra sa conscience. Il ouvrit les yeux à contrecœur et nota la morosité du petit matin. Selon son téléphone, il était huit heures passées, mais la journée allait être évidemment grise et nuageuse.

Il se redressa et regarda autour de lui. Le lit de Nate qui se trouvait près de l'armoire était vide. De l'autre côté de la chambre, une penderie se trouvait dans le coin à côté de la salle de bain et une faible lumière brillait à travers la porte semi-ouverte, l'eau de la douche coulant toujours.

Lucas avait hâte de pisser. Il se leva pour s'aventurer dans le couloir et trouver d'autres toilettes, mais hésita alors qu'il regardait la porte entrouverte. Sans vraiment savoir ce qu'il faisait, il s'avança sur la pointe des pieds vers la salle de bain. À mi-chemin, il s'arrêta brusquement, le souffle coupé.

Dans l'entrebâillement, il pouvait apercevoir un grand miroir au-dessus du lavabo blanc. Le reflet de Nate lui fit face et Lucas put le voir clairement à travers un rideau de douche transparent. La tête du frère de Sam était rejetée en arrière sous l'eau tandis que ses mains savonnaient son corps.

Un corps qui était plus bâti et ferme que Lucas n'aurait jamais pensé.

Il s'efforça de prendre une profonde inspiration alors que son pouls pulsait. Avec un sursaut, Lucas réalisa qu'il était dur – ce n'était pas inhabituel tôt le matin – et il serra le poing pour éviter de se toucher.

Nate commença à se caresser paresseusement comme sur un signal. Il appuya une épaule contre les carreaux blancs, et ses yeux se fermèrent tandis que sa main faisait un va-et-vient sur son membre. Il tira sur celui-ci plusieurs fois, et Lucas gémit de désir.

L'eau s'écoulait sur le corps ferme et mince de Nate,

la vapeur s'élevant tandis qu'il se caressait. Lucas s'avança d'un autre pas. Il plissa les yeux pour avoir une meilleure vue sur le miroir. Avec son autre main, Nate joua avec ses boules et ses caresses augmentèrent en cadence.

Lucas ne savait pas quand cela était arrivé, mais sa propre main se trouvait dans son bas de pyjama, son poing serré autour de son membre se mouvant comme un marteau-piqueur. Le miroir dans la salle de bain était embué, et Lucas savait qu'il ne pouvait pas prendre le risque de s'approcher davantage. Il entendit les gémissements étouffés de Nate et ce son fut suffisant pour faire basculer Lucas, et tandis qu'il se vidait, la montée de plaisir l'assomma presque.

Il y eut un bruit sourd tandis qu'il se rattrapait au mur, et dans le miroir embué, il crut pendant un instant voir la tête de Nate se tourner dans sa direction.

Merde ! Peut-il voir sans ses lunettes ?

Lucas trébucha en arrière et se mit rapidement au lit, tirant les couvertures sur lui et se tournant vers le côté de la porte.

Les yeux fermés, il essaya de retenir son souffle et de se tenir immobile. Une minute plus tard, il entendit Nate marcher dans la pièce. Lucas feignit de dormir tandis qu'il s'habillait, ignorant le fait que maintenant, il devait vraiment, *vraiment* pisser.

Quand Nate quitta finalement la pièce, fermant la porte doucement derrière lui, Lucas attendit trente secondes puis se précipita vers la salle de bain pour se soulager. Son pyjama était collant. Il ne pouvait pas exactement l'accrocher pour le faire sécher, alors il l'étendit sous sa couette après un rapide lavage, sachant qu'il pourrait bien dormir dans un lit humide, cette nuit.

Il devait se reprendre en main, et rapidement. Tandis qu'il tirait sur son jean et boutonnait son tee-shirt, il marmonna dans sa barbe :

— Et ce n'est pas ta queue que tu dois prendre en main, cette fois !

En bas, Nate et son père parlaient doucement dans la cuisine, sirotant du café. Portant un jean et une veste violette ouverte, Nate se leva et versa à Lucas un café bien chaud, leurs doigts s'effleurèrent quand il le lui tendit. Il marmonna un merci rapide. L'autre homme agissait normalement et revint à sa conversation avec son père, enlevant ses lunettes et essuyant les verres avec son tee-shirt gris.

Bientôt, Lucas fut complètement plongé dans une discussion avec Monsieur Kramer à propos des nombreux progrès de Sam dans le basketball. Tandis que le vieil homme devenait poétique de la dernière victoire de son fils, Lucas réfléchit à ce que Rachelle avait dit sur le manque de petite amie de Nate.

Cela ne voulait rien dire. Nate couchait probablement à droite et à gauche comme Sam et n'en parlait pas à sa famille. Cela ne voulait pas dire qu'il était gay ou bi ou quoi que ce soit d'autre. Lucas était gay et il n'avait jamais eu le courage d'embrasser un homme. Que Nate n'ait pas de petite amie ne prouvait rien.

Chaque fois que Lucas regardait Nate à travers la table de la cuisine, sa température augmentait avec une vague de désir. Seigneur, il le voulait tellement, et à présent, ils seraient très proches l'un de l'autre pendant des jours. Regarder, mais ne pas toucher.

Cela allait être de très, très longues fêtes.

Chapitre Trois

LUCAS PASSA L'APRÈS-MIDI avec Sam et son père dans le salon, regardant un match de football sur la télévision grand-écran qui avait pratiquement fait saliver Lucas. Nate avait disparu dans sa chambre après le déjeuner, et le jeune homme essaya de ne pas se demander constamment ce qu'il faisait.

Il était dix-sept heures passé quand Madame Kramer leur annonça qu'il était temps d'allumer la menora. Sam grogna et Lucas aurait juré avoir entendu Monsieur Kramer le faire aussi, mais ils se dirigèrent docilement vers l'autre pièce.

Nate était déjà là, les allumettes en main. Alors que le Lucas regardait ce dernier, il ne put s'empêcher de se rappeler à quoi ressemblait Nate en tenue d'Adam, humide et se caressant. Il se gifla mentalement en se rappelant à l'ordre que c'était une cérémonie religieuse.

Nate sembla ne réciter que deux bénédictions avant d'allumer la chandelle du milieu et deux sur la droite, laissant la chandelle éloignée en dernier. Lucas se souvint qu'il y avait eu trois bénédictions auparavant, mais n'en était pas certain. Comme s'il pouvait lire les pensées de Lucas, Nate déclara :

— Il n'y a trois bénédictions que pour la première nuit, et nous ne prenons pas la peine de dire la prière et de chanter quand c'est juste entre nous.

— Pouvons-nous retourner au match maintenant ? demanda Sam en regardant sa mère.

Ses mains trouvèrent ses hanches et elle déclara avec bonhomie :

— Tu sais que c'est supposé être du temps consacré à la famille, pas pour la télévision.

— Chérie, c'est le dernier quart-temps, dit Monsieur Kramer en adressant à sa femme un sourire implorant.

Avec un rire, elle les chassa de la pièce, son mari l'embrassant bruyamment sur son chemin.

— Avez-vous besoin d'aide ? Le football ne m'intéresse pas tant que ça.

Nate était déjà au pied des escaliers, et Lucas l'implora silencieusement de se retourner et de rester.

— Le football ne t'intéresse pas ? Quel sacrilège dans cette maison ! dit Nate en ricanant.

Puis il partit, ses pas disparaissant alors qu'il remontait les marches.

La voix de Sam lança du salon.

— Mec, tu dois voir ce jeu ! Allez, tu rates tout !

Avec un dernier sourire pour Madame Kramer, Lucas y retourna à contrecœur.

APRÈS UN RAPIDE dîner constitué de restes sur des plateaux, les Kramer et Lucas regardaient un film d'action d'une invasion extraterrestre sur Netflix. Nate était descendu pour dîner avec eux, mais avait disparu dans sa chambre à la moitié du film. Lucas se tortilla sur le fauteuil dans le coin du canapé moelleux du salon. Que faisait Nate là-haut ? Non que ce soit ses affaires.

Tu as déjà envahi la chambre du gars sans avertissement. Accorde-lui du temps seul.

À la nanoseconde où le générique du film apparut à l'écran, Lucas bâilla largement et leur souhaita une bonne nuit. Madame Kramer lui donna un plateau de soufganias à prendre pour Nate, disant :

— Il se cache toujours dans sa chambre. Il ne mange pas assez.

Lucas frappa doucement sur la porte fermée de Nate, attendant quelques instants avant de l'ouvrir. À sa surprise, le jeune homme n'était pas dans la pièce sombre et la salle de bain paraissait vide. L'endroit au coin du placard brillait d'une étrange lumière rouge, et Lucas cligna des yeux en la regardant, pensant au film des aliens avec les yeux rouges et une taille de trois mètres. Après un moment de débat intérieur, il s'en approcha et frappa doucement.

— Une seconde ! lança Nate.

— Hum, d'accord.

Lucas resta là avec le plateau de donuts, se demandant ce qui pouvait bien se passer là-dedans.

Deux longues minutes plus tard, Nate ouvrit la porte. Lucas rougit d'embarras de ne pas avoir compris que la lumière rouge indiquait une chambre noire. *Pfff. Je suis un raté.*

Le dressing avait été aménagé comme un endroit de travail avec un comptoir s'étendant sur tout l'espace contenant des plateaux de liquide de développement. Une corde à linge se trouvait à l'arrière du placard dont de grandes photos étaient accrochées dessus.

— Tu es photographe ?

Nate se mit à rire, mais pas d'une manière méchante.

— Tu as clairement un avenir en tant que détective.

Le visage rouge, Lucas se déplaça d'un pied sur l'autre, riant d'un air embarrassé.

— Clairement, répondit-il, puis il se rappela soudain le plateau dans sa main. Tiens. Ta mère pense que tu dois manger plus. Je peux les laisser ici.

— Tu veux entrer ? Je viens juste de développer deux autres photos.

Lucas hocha la tête et ferma la porte derrière lui. Confiné dans le petit espace avec Nate, son pouls battit plus rapidement. Dans la lumière douce et rouge, le frère de Sam avait l'air plus beau que jamais, et Lucas résista à l'envie de tendre la main et de le toucher.

Il s'éclaircit la gorge et tenta de se vider l'esprit.

— Je suppose que cela explique pourquoi tu gardes tes vêtements dans cette armoire séparée.

— Ouais, Maman a été enchantée quand j'ai aménagé cette chambre noire, comme tu peux l'imaginer.

Il regarda par-dessus son épaule alors qu'il éclaboussait un liquide dans l'un des plateaux.

— Tu as déjà développé une photo auparavant ?

— Euh…

Lucas examinait ce qui ressemblait à deux taches de rousseur sur la nuque de Nate et ne fut pas en mesure d'aligner deux phrases. Lucas avait retiré sa veste à capuche, et son dos fléchit à travers le tee-shirt blanc.

— Je vais te montrer.

Alors que Nate lui expliquait toutes les étapes, Lucas

essaya d'être attentif. À un certain moment, le jeune homme lui tendit une paire de pinces en caoutchouc et Lucas retira consciencieusement une photo développée et l'accrocha sur la corde. Ils travaillèrent dans un silence amical, et il trouva amusant de regarder les photos prendre vie. Elles représentaient toutes des paysages urbains en noir et blanc, un frisson d'excitation le traversa. Il allait enfin avoir la chance de visiter New York lui-même dans les jours à venir.

Peut-être que Nate pourrait me faire visiter.

— Tu as pris toutes ces photos ? demanda Lucas en admirant les lignes nettes et les angles uniques des photographies.

Nate fit un geste dédaigneux.

— Ouais, je ne fais que m'amuser.

— Je voudrais vraiment voir ce que tu peux faire quand tu travailles sérieusement parce que celles-ci sont superbes.

— C'est très gentil de dire ça.

Nate essuya ses mains avec une serviette et prit un donut du plateau que Lucas avait posé sur le comptoir.

— Nous devons juste attendre quelques instants avant d'ouvrir la porte.

Nate ne semblait pas à l'aise avec les compliments, alors Lucas arrêta de parler et prit son propre donut, savourant le goût doux et fruité. Il n'arrivait pas à comprendre pourquoi Nate dévalorisait son talent. Lucas n'était pas un expert, mais il trouvait les photos très belles, en particulier celle qu'il avait prise d'un angle bas d'une cathédrale, un ballon s'envolant dans un coin. Il se demanda de quelle couleur était le ballon, mais il ne demanda pas. C'était probablement une question stupide.

Ils mangèrent en silence, et Lucas remarqua un peu de confiture sur le coin de la bouche de Nate. Sans réfléchir, il tendit la main, l'essuyant avec son doigt. Leurs yeux se verrouillèrent l'un à l'autre et Lucas se raidit, sa main toujours posée sur les lèvres de Nate.

Oh Seigneur, que faisait-il ?

Il ne bougea pas, ne respirant pas tandis que Nate et lui se regardaient dans la lumière rouge discrète. Avant que Lucas ne puisse comprendre ce qu'il se passait, la langue de Nate sortit et lécha la confiture de son doigt. Une décharge de désir le frappa, et il déglutit difficilement, sa gorge soudainement sèche.

Puis Nate tourna la tête juste un peu et aspira son doigt, son regard derrière ses lunettes rivé sur le visage de Lucas.

Alors que celui-ci gémissait faiblement, le cœur battant, Nate l'attira à lui, et ils s'embrassèrent. La tête de

Lucas tourna face à cette explosion de sensations.

Ils S'Embrassaient.

Il embrassait un autre homme. Il en avait rêvé, et cela arrivait enfin. Il ouvrit la bouche et la langue de Nate s'engouffra à l'intérieur, cherchant la sienne et la caressant tandis qu'ils faisaient courir ses mains sur le dos de Lucas et sur ses fesses.

Le Nathaniel Kramer silencieux et prétendument affable agrippait ses fesses.

Ayant presque le vertige, Lucas répondit à son baiser, son corps prenant vie d'une manière qu'il ne l'avait jamais fait en embrassant une fille. La sensation de la barbe de Nate, son odeur musquée, son corps puissant attirant Lucas contre lui... tout à propos de son compagnon était si *mâle*.

Je suis vraiment gay ! J'embrasse un homme !

Avide et brûlant de désir en même temps, Lucas explora la bouche de son compagnon, leurs baisers ayant un goût sucré à cause des donuts.

Ils haletèrent tous les deux, et Lucas réalisa que son jean était maintenant défait tandis que Nate s'agenouillait.

— Qu'est-ce que... ?

Souriant d'un air diabolique, Nate prit le membre de Lucas dans sa bouche. Toute pensée raisonnable déserta celui-ci. Lucas s'appuya contre le comptoir, ses mains cherchant une prise alors qu'il gémissait en sentant cette humidité chaude autour de son membre. Sa main droite glissa dans l'un des plateaux de développement, le liquide jaillissant tandis que Nate le prenait dans sa bouche.

Tout le corps de Lucas vibrait pratiquement. La langue de Nate faisait des choses qu'il n'avait jamais imaginées possibles, et cela ne ressemblait aucunement à la fois où Paige Gallner l'avait sucé maladroitement à la soirée du bal.

Il avait l'impression que son membre pulsait en même temps que son cœur, toutes ses terminaisons nerveuses en feu. Nate dégagea le tee-shirt de Lucas d'une main, ses doigts s'attardant sur le ventre de celui-ci jusqu'à ses tétons.

— Oh ! gémit Lucas, puis il posa rapidement une main sur sa bouche.

Nate retira sa bouche.

— Ouais, moins fort, d'accord ?

— Je suis désolé.

— Ça va aller, murmura Nate en caressant le ventre de Lucas, le faisant se tortiller, et le regardant. As-tu déjà fait ça auparavant ?

— Je… non. Pas vraiment. Une fille m'a fait ça une fois, mais ce n'est rien comparé à toi.

Caressant le membre de Lucas d'un geste paresseux, Nate remua ses sourcils au-dessus de ses lunettes.

— Eh bien, tu es entre de bonnes mains maintenant.

— Littéralement. Je ne pensais pas… Sam m'a dit que tu étais un geek, mais tu ne l'es pas du tout.

Nate passa ses doigts derrière la peau sensible de ses testicules, s'attardant sur elle. Il sourit quand Lucas frissonna et ondula des hanches.

— Les geeks baisent bien aussi. Promis.

Lucas ne put que gémir, le souffle bloqué.

Après avoir léché la base du membre de son compagnon, Nate demanda :

— Tu aimes les hommes ? Tu aimes ça ?

— Euh… oui, bredouilla-t-il en hochant la tête. Je n'ai pas l'air d'aimer ça ?

Nate sourit.

— Oui, mais je voulais juste m'en assurer.

Son sourire disparut et il taquina le bout du membre de Lucas avant de demander.

— Veux-tu jouir dans ma bouche ?

Il ne put que gémir et hocher la tête, et Nate le suça presque jusqu'à la base, ses joues se creusant. Lucas frissonna, ses genoux tremblèrent tandis que Nate prenait ses boules avec son autre main. Enfin, il perdit pied, des étoiles teintées de rouge explosèrent devant ses yeux alors qu'il jouissait et que Nate avalait.

Ce dernier tint Lucas de ses mains fortes sur ses hanches, se mettant debout quelques minutes plus tard. Il essuya sa bouche avec l'arrière de sa main et redressa ses lunettes. Puis il déboutonna nonchalamment son jean et le baissa avant de sortir son membre. Il était circoncis et épais, le bout brillant dans la lumière rouge.

— Euh…

Lucas ne pouvait toujours pas former une phrase, ce qui fit sourire Nate alors qu'il commençait à se masturber. Il regarda, les yeux écarquillés.

— Puis-je ?

Nate laissa tomber sa main.

— Ne te gêne pas.

Lucas avait imaginé tellement de fois quel effet cela ferait de toucher le sexe d'un autre gars. Il l'avait fait une fois quand il était jeune avec un camarade de classe, mais cela avait été de la curiosité uniquement. Ils avaient été trop jeunes pour savoir vraiment ce qu'ils faisaient, et ils s'étaient tapotés et avaient fait les idiots.

Il prenait le sexe d'un homme dans sa main. Il pulsait contre sa paume, et il la tourna pour avoir un bon angle tandis qu'il le caressait. Ses doigts effleurèrent des poils crépus à la base et le souffle de Nate chatouilla le visage de Lucas alors qu'il se penchait vers lui, sa main glissant sur son épaule, s'accrochant à lui.

— C'est ça. Fais-le comme tu le ferais pour toi.

Lucas leva sa main pour cracher dessus deux fois, et Nate prit son poignet, penchant la tête pour lécher sa main, crachant dessus à son tour. Les boules de Lucas le picotèrent, son membre tressaillant déjà à la sensation rugueuse de la langue de son amant.

Quand Lucas le caressa à nouveau, Nate grogna, sa main glissant de son épaule, ses doigts atteignant sa tête et tirant les cheveux courts de son amant.

Je suis vraiment en train de le faire. Je touche sa queue. Je le masturbe !

Bien sûr, son stupide esprit sentit le besoin de lâcher :

— Alors, tu es gay aussi ?

Nate haussa les sourcils, souriant alors qu'il haletait, donnant des coups de reins contre la main de Lucas.

— Un vrai détective.

— Savais-tu que j'étais gay aussi ?

— J'espérais que tu le serais quand tu es entré dans ma chambre. Tu es tellement sexy. Mais *j'ai su* quand tu m'as regardé me masturber sous la douche.

Le rouge lui monta aux joues, heureux que la lumière de la chambre noire puisse le dissimuler. Lucas couina. Son rythme sur le membre de Nate ralentit.

— Tu m'as vu ? Je suis désolé. Je n'aurais pas dû… je

n'ai pas…

— Chhhut.

Nate captura la bouche de son amant dans un baiser, et ce dernier gémit alors qu'il réalisait que le goût salé et musqué qu'il goûtait parmi le soupçon de sucre était son propre sperme. Nate s'écarta, les yeux pétillants.

— J'ai laissé la porte ouverte exprès. J'ai pensé que si tu tombais dans le piège, ces vacances pourraient se révéler plus amusantes que les jeux habituels de la toupie.

— Je…

La tête de Lucas tournait. Les autres paroles s'enregistrèrent tardivement.

— Tu penses que je suis sexy ?

Les sourcils de Nate se froncèrent.

— Euh, *ouais*. Tu t'es vu dans un miroir ? demanda-t-il en donnant un coup de hanches. Tu m'excites vraiment.

— Euh… merci ?

Lucas rougit violemment. Cela devait être un rêve.

Riant doucement, Nate l'embrassa à nouveau, juste un effleurement de lèvres.

— Je t'en prie. Que penses-tu de nous amuser durant ces vacances ?

— OK, souffla Lucas en hochant la tête. D'accord.

Nate haussa un sourcil par-dessus la monture de ses

lunettes noires.

— Et maintenant, que dirais-tu de me faire jouir ?

Lucas n'avait jamais été plus heureux d'obéir à une demande de toute sa vie.

Chapitre Quatre

— REGARDEZ CE brouillard… il a été là toute la journée ! Il y a une vue superbe de ce pont, mais j'ai peur que ce temps ne coopère pas.

Lucas répondit du siège arrière.

— Ne vous inquiétez pas, Madame Kramer. Je suis sûr que je verrai cette vue un autre jour.

— Vous le devez absolument ! Peut-être que vous pourriez revenir par le ferry. Vous allez voir aussi la Statue de la Liberté. J'ai peur de ne pas aimer les hauteurs, ou je pourrais vous conduire moi-même à l'Empire State Building quand nous aurons une meilleure visibilité.

Elle le regarda dans le rétroviseur.

— Sam, tu prendras Lucas avec toi demain ?

— J'ai des choses à faire avec mes amis. J'ai déjà passé toute une journée dans un musée stupide avec vous.

Pourquoi il fallait que je vienne ?

— *Samuel !*

La vérité était que Lucas ne se souciait plus de voir la ville maintenant. Ce dont il se souciait était que Nate avait été loin de lui de toute la journée et qu'il n'avait pas pu le toucher. Celui-ci avait pris le siège avant après un débat houleux avec Sam. Il était terriblement proche, pourtant, hors de portée. La jambe de Lucas remua, et il remarqua le trafic avec impatience. Il voulait juste être de retour dans la chambre de Nate.

De retour dans son lit.

Eh bien, ils n'avaient pas dormi là ou quoi que ce soit d'autre. Après leur second baiser et que Nate l'ait sucé une autre fois, ils avaient dormi chacun dans leur lit. Lucas savait que c'était stupide de prendre le même petit matelas quand les parents de Nate pouvaient entrer à tout moment, mais il le voulait toujours. Lorsqu'il s'était réveillé ce matin-là, Nate était déjà descendu, et ils avaient été dehors de toute la journée.

— Maman, j'ai des plans ! gémit Sam.

Lucas s'éclaircit la gorge.

— Vous savez, je peux revenir seul.

— Je vais l'emmener, dit Nate d'une voix si calme, que Lucas l'entendit à peine.

— C'est vrai, chéri ? Je pensais que tu serais occupé

avec ton petit hobby. Tu passes tellement de temps dans ce dressing.

Il se rendit compte soudain qu'il ne savait pas si les Kramer savaient que Nate était gay. Était-il dans le placard de ce côté-là ? Lucas ne pouvait pas le blâmer. Il avait lui-même fait son coming-out auprès de son père seulement, et cela, quand il s'était approché de la fin. Il n'avait pas voulu le bouleverser, mais la pensée de ne jamais lui dire la vérité avait été insupportable.

Penser à la manière dont son père avait embrassé son front et lui avait dit à quel point il l'aimait fit brûler les yeux de Lucas. Il repoussa les souvenirs pour ne pas éclater en sanglots et effrayer tout le monde.

— Ce n'est pas un problème.

Lucas pouvait détecter une tension dans la voix de Nate à présent.

— Ouais, parce que le Roi des Geeks n'a pas d'amis, dit Sam en ricanant.

— *Samuel* ! Ton frère a beaucoup d'amis à l'université de New York. Il fait partie de la société du barreau, après tout.

— Je n'ai pas d'amis à te présenter, à toi, trouduc, ajouta Nate.

Lucas tourna sa tête vers la fenêtre tandis que Nate et Sam continuaient à se chamailler. Il y avait quelque chose de bizarrement rassurant à propos de ça, et la manière dont Madame Kramer n'intervenait que de temps à autre. La familiarité avec l'autre le laissa envieux.

Après ce qu'il lui sembla être une éternité, ils furent à la maison. Lucas ne voulait rien d'autre que de s'enfuir vers la chambre de Nate et passer toute la nuit là-bas, mais il devait s'asseoir et faire la discussion durant un autre dîner.

Tout d'abord, ils se rassemblèrent tous dans le salon et allumèrent des bougies de la menora, ajoutant une autre sur le côté droit, mais les allumant à partir du milieu dans l'ordre. Madame Kramer récita les bénédictions à l'avance et Lucas essaya d'écouter et de ne pas penser qu'il voulait lécher la pomme d'Adam de Nate. Essayant d'être sociable, il demanda :

— Quelle est l'histoire de Hanoucca ? Quelque chose à propos de l'huile, n'est-ce pas ?

Monsieur Kramer sourit.

— Eh bien, il y a cette vieille blague qui résume chaque fête juive : ils ont essayé de nous tuer ; ils n'y sont pas arrivés… mangeons.

Madame Kramer intervint.

— Après que les Maccabées eurent récupéré le Temple de Jérusalem de leurs ennemis, il y eut seulement assez d'huile pour allumer la flamme éternelle pendant une journée. Cependant, l'huile a duré huit nuits.

— Un miracle, dit Monsieur Kramer en tapant des mains. OK, allons manger.

À la table du dîner, Lucas joua avec les restes thaïlandais dans son assiette, et après ça, il essaya de se concentrer sur le jeu de Rummikub que Monsieur Kramer suggéra, mais finit par avoir la plupart des tuiles à chaque fois. Bien que Nate se soit retiré dans sa chambre, Lucas ne pouvait penser à une bonne raison de se mettre au lit à vingt heures.

Quand il s'échappa une heure plus tard, il pensait qu'il allait exploser de ce désir contenu et de cette frustration. Il courut presque dans les marches et entra dans la chambre de Nate sans frapper. Celui-ci, allongé sur son lit, releva les yeux du livre qu'il lisait, la lumière de la lampe brillant sur ses lunettes.

— Vous avez bien joué ?

— Pas vraiment ; je suis resté coincé sur des nombres élevés dont je n'arrivais pas à me débarrasser.

— Dommage, dit Nate en bâillant largement. J'allais justement dormir. Donc, si tu veux lire ou quoi que ce soit d'autre, peux-tu utiliser la petite lampe de ton côté ?

Lucas fut sans voix pendant un moment.

— Ouais, bien sûr.

C'était tout ? Nate allait *dormir* ? La honte et

l'embarras l'envahirent comme une vague chaude et irritable. Il aurait voulu être n'importe où ailleurs qu'ici. Apparemment, Nate n'était plus intéressé par lui.

Se mettant debout, Nate passa son sweater par-dessus sa tête, étirant ses bras et baillant à nouveau. Il déboutonna son pantalon et l'enleva avant de plier soigneusement ses vêtements et de les placer sur sa chaise de bureau, vêtu uniquement de son boxer. Lucas qui se tenait toujours là stupéfait le regarda.

Nate revint vers son lit et s'étira. Il regarda Lucas et éclata de rire.

— Oh mec ! Je devrais prendre une photo de ton visage !

Fils de…

— C'est ça ton sens de l'humour ?

Alors que Nate tapotait le matelas à côté de lui, Lucas ne savait pas s'il devait l'embrasser ou le tuer, mais quand il eut la peau chaude de Nate sous ses paumes, il sut que ce serait le premier choix. Il couvrit le corps de son amant du sien alors que leurs bouches se rencontraient.

Ils s'embrassèrent pendant des minutes ou peut-être des heures, jusqu'à ce que Nate se relève sur un coude et prenne une profonde inspiration.

— Tu as mis une éternité pour venir ici. C'était la torture aujourd'hui de ne pas avoir pu te toucher. C'est pour ça que j'ai insisté pour m'asseoir sur le siège avant. Mec, j'ai pensé que tu allais me sauter dessus au dîner. Heureusement que ma famille n'en a pas la moindre idée.

— Alors, ils ne savent pas que tu es gay ?

— Non. Comme je l'ai dit… ils n'en ont pas la moindre idée.

Lucas se demanda pourquoi Nate ne le leur avait pas dit, mais alors qu'il se frottait contre lui, son membre dur dans son jean, il songea qu'il lui demanderait une prochaine fois.

— Donc, tu te faisais désirer maintenant ?

— Bien sûr, répondit Nate en souriant, sa fossette apparaissant et envoyant un flux de sang au membre de Lucas.

— Je pensais que peut-être… je pensais que tu n'étais plus intéressé.

Lucas détourna les yeux. Pourquoi avait-il dit cela à haute voix ?

— Merde, je suis désolé. Je n'aurais pas dû m'amuser avec un puceau.

Il serra les dents. *Je suis si nul.*

— Une fille m'a sucé après le bal de promo. Est-ce que ça compte ?

— Si tu veux.

Nate fit courir ses mains sur le dos de Lucas jusqu'à son cul.

— Pas vraiment. C'était super gênant. C'était… bizarre, tu sais ? Pas comme toi.

Apparemment, Nate était expérimenté, considérant les choses qu'il pouvait faire avec sa langue.

— Avec combien de personnes es-tu sorti ?

— Pas des *personnes*. Juste des gars.

Il eut l'air pensif pendant un moment.

— Je ne sais pas. J'ai eu mon lot. Je suis allé à un bar gay durant ma semaine d'intégration, et le reste, comme ils disent, est de l'histoire ancienne.

Waouh. Nate avait été avec des hommes. *Plusieurs* hommes.

— Ne t'inquiète pas. Je me fais tester régulièrement, et je fais attention.

Lucas s'était demandé comment il allait aborder ce sujet.

— Donc, tu es sorti avec beaucoup de gars ? demanda-t-il à nouveau.

Nate se mit à rire.

— Sorti ? Non, pas vraiment. Je suis sorti en quelque sorte avec quelques-uns. Eh bien, j'ai couché avec eux plus d'une fois.

Il regarda attentivement Lucas, ses yeux marron

intenses derrière ses lunettes carrées.

— Juste pour info, je ne cherche pas de petit ami.

— Oh. Pourquoi pas ? demanda Lucas.

Il espérait que sa voix n'était pas aussi en manque d'affection qu'il se sentait. Il était allongé au-dessus du gars et cela lui semblait *intime*.

C'est juste de l'amusement. Lance-toi. Ne sois pas un raté pour une fois.

— Je ne peux pas amener un gentil garçon pour rencontrer ma mère et mon père. Ce sera plus facile de cette manière. De plus, je ne suis pas bon à ça.

Puis il sourit.

— Mais j'aime le sexe. Je suis *bon à ça*. Pourquoi se compliquer la vie ?

— Mais…

Nate se pencha vers lui et captura sa lèvre inférieure entre ses dents.

— Arrêtons de parler, murmura-t-il.

Ils s'embrassèrent, et Lucas explora le corps de Nate. Il n'avait jamais été en mesure d'assumer d'être avec un autre homme aussi librement, et il se délecta de son contact et de son goût. Il suça l'un des tétons de Nate dans sa bouche, savourant le doux gémissement qui s'échappa de ses lèvres. Alors qu'il descendait plus bas, son cœur battit d'excitation.

Il allait vraiment le faire.

Il y avait pensé un million de fois et se demandait ce qu'il ressentirait en suçant une queue : le goût qu'elle aurait, ce que ça lui ferait, quelle odeur il aurait. Il blottit son nez contre les poils qui descendaient du nombril de Nate jusqu'à son membre, et ce dernier leva les hanches tandis que Luke enlevait son boxer.

Lucas était toujours habillé de son jean et de sa chemise verte Henley, et la nudité de son amant lui fit chauffer le sang. Surtout quand il écarta ses jambes largement, sans honte, son membre rougi, relevé au milieu d'une touffe de poils. Il regarda Lucas patiemment, gardant ses mains à ses côtés.

Prenant timidement la queue de Nate, Lucas la frotta contre sa joue, son menton, ses lèvres. Il enveloppa sa main autour de sa dureté, explorant et rassemblant son courage. Son pouls battait rapidement, l'estomac serré. Cela avait dû se voir sur son visage, parce que Nate caressa ses cheveux doucement.

— Tu n'as pas à le faire, dit-il.

Non. Il le voulait. Plus que ça… il exploserait s'il ne le faisait pas. Avec une profonde inspiration, il avala le bout de son membre, enveloppant ses lèvres autour de lui, aussi profondément qu'il le put. Son sexe était lourd et chaud dans sa bouche, et la salive dégoulinait sur son menton. Lucas bougea sa tête de haut en bas, suçant et léchant comme s'il dégustait un esquimau durant un été très chaud.

Un esquimau en forme de queue. Un esquiqueue, même.

Aspirant et aimant la saveur musquée et légèrement amère, il se rappela ce que Nate avait fait, et empoigna son membre tandis qu'il suçait ce qu'il pouvait dans sa bouche. Il traça de sa langue l'arrière du gland, et Nate gémit, rendant Lucas encore plus dur dans son jean. Il se frotta contre le matelas entre les jambes de son amant pour avoir un peu de friction sur sa queue tendue.

Les doigts de Nate s'enfouirent dans les cheveux de Lucas, et il marmonna :

— C'est ça. Comme ça. Tu fais ça si bien.

Lucas expérimenta un flux de pouvoir et de fierté tel qu'il n'en avait jamais éprouvé avant et il suça un peu plus fort. Se penchant plus bas, il explora les boules de Nate, les léchant résolument alors qu'il continuait à caresser le membre de son amant avec des mouvements fermes et rapides. Se rappelant un porno qu'il avait vu des douzaines de fois ou peut-être des centaines de fois, il aspira un testicule complètement dans sa bouche.

Nate exhala durement et frissonna tandis qu'il jouissait, giclant sur son torse. Lucas releva la tête pour le regarder et il s'abreuva de la vue d'un Nate totalement abandonné, la tête rejetée en arrière, son torse lisse et son estomac dur parsemé de gouttes de sperme.

Lucas se releva sur ses mains et ses genoux, pencha la tête en avant et lécha impulsivement le ventre de son compagnon, savourant le goût salé. Nate se mit à rire doucement et attira Lucas pour un baiser tandis que sa main descendait et frottait son membre à travers son jean.

— Tu portes trop de vêtements.

Il y eut un coup à la porte, et ils se raidirent, les yeux élargis. Après une seconde, Lucas se dégagea rapidement de Nate et fonça sur son lit et sous les couvertures alors que Nate relevait la sienne jusqu'au cou. Il s'éclaircit la gorge.

— Ouais ?

— Je vais faire du shopping avec ta tante Linda, alors je vous ai laissé à Lucas et à toi un peu d'argent sur le comptoir. Amusez-vous bien en ville. Soyez à la maison à temps pour allumer la menora, s'il vous plaît.

— D'accord, Maman.

Ils écoutèrent le bruit de ses pas s'estomper dans le couloir, tous les deux respirant lourdement. Puis ils se regardèrent et éclatèrent de rire.

— Tu as besoin d'un coup de main, là-bas ? murmura Nate.

— Ce serait gentil.

Nate éteignit la lumière et vint à lui, et ils gloussèrent silencieusement tandis qu'il masturbait Lucas, ce qui ne dura pas longtemps.

Chapitre Cinq

— ET VOILÀ ! La Statue de La Liberté s'approche du tribord ou, peut-être bâbord. Je ne peux jamais les différencier.

Lucas hocha la tête.

— C'est bien elle. Elle a l'air exactement comme à la télévision.

— Tu veux dire, tu ne te sens pas envahi par une vague de patriotisme américain à la vue de Miss Liberté ?

— Oh, attends, ça y est, ça vient !

Lucas leva les bras au ciel.

— USA ! USA !

Éclatant de rire, ils ignorèrent les regards noirs des gens qui se trouvaient à côté d'eux et trouvèrent un banc vide. Le vent était glacé sur la mer, et la plupart des passagers étaient assis à l'intérieur. Lucas enroula son écharpe étroitement autour de sa gorge et regretta de ne pas avoir amené son bonnet.

— Attends, reste près de la rambarde, le dirigea Nate tandis qu'il sortait un grand appareil photo de son sac à dos.

Lucas obéit et fit la pose. C'était bon d'être le centre d'attention de Nate et en dépit de l'air froid, une vague de chaleur l'envahit.

— Tes lunettes ne te gênent pas quand tu prends des photos ? demanda-t-il.

— Non. J'ai l'habitude. Mes yeux n'aiment pas les lentilles de contact et je suis trop aveugle pour y aller sans. Quelques personnes ajustent la dioptrie pour compenser une mauvaise vision, mais mon Nikon a un point oculaire très élevé et ça marche très bien.

Il eut un rire nerveux.

— Je sais que je suis probablement plus beau sans mes lunettes, mais…

— Quoi ? Pas question, dit vivement Lucas puis il regarda autour d'eux pour constater qu'ils étaient seuls. Tes lunettes sont très sexy.

Nate avait eu l'air si sûr de lui à propos du sexe que Lucas était surpris d'entendre de l'insécurité dans sa voix. C'était étrangement rassurant.

— Ah ouais ? sourit Nate, clairement ravi.

— Oh que oui.

Quand Lucas rejoignit Nate sur la banquette après d'autres photos, il se pencha en arrière et regarda l'horizon se rapprocher. Le soleil apparut entre les nuages, et Lucas ne put se rappeler la dernière fois où il avait été si heureux.

La seule chose qui pouvait rendre ce moment encore meilleur serait de tenir la main de Nate, mais il avait trop peur d'essayer.

— Qu'est-ce que tu étudies ? demanda Nate en le fixant avec le même regard intense qui semblait être son expression par défaut.

— Chimie. Première année.

— Tu veux être médecin ?

La question à 64.000 USD comme dirait son père, bien que Lucas ne sache pas pourquoi. Quelque chose à propos d'un jeu télévisé.

— Eh bien, je suis vraiment bon en science.

— Pas exactement un « oui » retentissant.

— Mon père a toujours voulu que j'aille à l'école de médecine. Je ne veux pas le décevoir.

Nate fut silencieux pendant un moment.

— Maman m'a dit qu'il était mort, il y a quelques mois. Je suis désolé.

— Ouais. Merci.

Lucas tira sur l'un de ses gants, préoccupé soudain

par une démangeaison sur sa paume.

— Tu étudies le droit, pas vrai ?

— Ouep, répondit Nate, ne semblant pas plus excité par ça.

— Tu suis les traces de ton père. Eh bien, ce n'est pas Sam qui va le faire.

Nate éclata de rire, un rire qui sonna trop bruyant venant de lui.

— L'enfant prodige ? Probablement pas. Il sera trop occupé à se prélasser dans les bons souvenirs de sa gloire de basketball et fera probablement fortune en tant que commercial dans l'entreprise de mon oncle, dit-il, scénique.

— Je me rends compte que je ne sais même pas ce qu'il étudie.

— Techniquement, c'est le commerce, mais principalement, il étudie les cerceaux et les gonzesses.

— OK, je ne sais pas pourquoi il est si spécial. Je veux dire, il n'est pas un mauvais garçon, mais Sam est juste…

— Le stéréotype du sportif abruti ?

Riant, Lucas hocha la tête.

— Cela résume tout. Tu es intelligent et tu étudies le droit. Et tu es un photographe talentueux.

Nate se tortilla sur le banc, un petit sourire étirant ses

lèvres. Il enleva ses lunettes et fit courir ses doigts sur une rayure en haut de la monture que l'appareil photo avait sûrement causée, supposa Lucas.

— Tu le penses ?

— Bien sûr. Tes parents devraient te mettre en première couverture de leur magazine annuel. Ils semblent être le type de parents qui le feraient.

Le regard toujours rivé sur ses lunettes dans ses mains, Nate déclara :

— Mes parents pensent que Sam marche sur l'eau. Le truc, c'est qu'il a toujours été ça… un miracle. Maman a eu beaucoup de fausses couches, et ils n'avaient jamais pensé qu'ils auraient un bébé. Quand ils ont eu Sam, c'était la meilleure chose qui ne soit jamais arrivé pour eux. Puis il est devenu cet athlète doué, au contraire des membres de ma famille et il a été la star depuis ce moment-là.

— Mais tu…

— … n'ai jamais été quelqu'un de formidable pour eux. Ce n'est pas que mes parents ne m'aiment pas. Sam est juste devenu le centre de leur univers quand il est né, et cela n'a pas changé quand je suis arrivé. Et s'ils savaient que je suis gay…

Il grimaça et remit ses lunettes.

— As-tu essayé de leur parler ? J'ai été terrifié de ce

que mon père dirait, mais il a été formidable. Peut-être que si…

— Non. Tout va pour le mieux. Je n'ai pas besoin de leur dire.

Il voulait protester, mais si Nate n'était pas prêt à faire son coming-out, c'était son choix. Et lui non plus n'avait pas été assez courageux et honnête à l'université.

— Je suis désolé.

Il ne savait pas quoi dire d'autre.

— Ne le sois pas, dit Nate en se levant et en passant son sac par-dessus son torse. Viens, nous y sommes presque.

Lucas savait que la conversation était finie, et il n'insista pas. Il sentit l'envie d'attraper la main de Nate l'envahir à nouveau, mais au lieu de cela, il le suivit simplement dans la foule de passagers en bas.

Une heure plus tard, ils se tinrent devant l'Empire State Building dans la lumière du jour glacé, et Lucas s'extasia devant la vue de la ville. Central Park était un énorme rectangle vert maintenant les bâtiments et les gratte-ciel environnants à l'écart.

Avec son appareil photo, Nate semblait avoir des œillères alors qu'il prenait des photos de la ville. Lucas divisa son temps entre le regarder, lui, tout en jetant des coups d'œil à la vue, mais finalement, Nate semblait avoir la majorité de son attention.

Nate remarqua le regard de Lucas après avoir pris vingt photos de l'immeuble Flatiron.

— Quoi ? demanda Nate.

Lucas aurait juré avoir vu un rougissement envahir les joues de Nate.

— Tu as l'air si heureux.

— Ouais. J'adore la photographie. J'aurais voulu…

Il secoua la tête et hocha la tête par-dessus son épaule.

— Nous devrions voir l'autre côté.

Lucas attrapa le bras de Nate.

— Tu aurais voulu quoi ?

Nate regarda la ville. Après un moment d'hésitation, il avoua :

— J'aurais voulu faire ça tout le temps.

— Pourquoi ne le pourrais-tu pas ?

— Oh, mais bien sûr. Laisser tomber les études de droit et être transféré à Tisch pour la photographie ? Mes parents vont adorer ça.

— Tisch. C'est à New York ?

— Ouais, elle fait partie de l'université de New York.

Soudain, tout devint logique pour Lucas, la raison pour laquelle Nate n'était pas allé à une autre université.

— C'est exactement ce que tu veux faire, n'est-ce

pas ? C'est la raison pour laquelle tu es allé en droit en premier lieu.

Nate le regarda durement et retira son bras.

— Tu ne sais rien du tout.

— Tu es en troisième année, n'est-ce pas ? Tu attends quoi ?

— Écoute, je ne peux pas le faire, dit sèchement Nate en fermant son appareil photo et le remettant dans son étui. Il fait froid ici. Allons déjeuner.

— Nate, je ne comprends pas…

— Que disais-tu à propos de la médecine ? Je pense que tes mots exacts étaient que ton *père* voulait que tu sois un docteur.

— C'est différent.

Était-ce assez ? Croisant les bras, Lucas frissonna.

— Tu as raison, allons à l'intérieur. Il fait trop froid.

Ils descendirent dans l'ascenseur, les lunettes de Nate s'embuant face à la chaleur soudaine, le brouhaha d'un groupe de touristes allemands emplissant le silence. Le nuage noir qui pesait sur eux ne se dissipa pas alors qu'ils se dirigeaient vers la Trente-Quatrième rue. Lucas ne voulait pas dire une bêtise, mais à chaque minute qui passait, cela devint de plus en plus gênant.

En dépit de ce qu'ils avaient partagé, il se rendit compte que Nate et lui ne se connaissaient pas vraiment.

Lucas s'était senti si à l'aise avec lui, et maintenant, il n'y avait que le silence étrange, tendu et il n'avait pas les bons mots pour le briser.

Nate lui avait dit qu'il ne cherchait pas de petit ami, et peut-être que tout ce qu'il voulait était du sexe et non de l'amitié. Ce qui était totalement normal ! Ou aurait dû l'être, mais cela laissa Lucas vidé.

Au lieu de devoir endurer un déjeuner encore plus gênant, Lucas fit semblant d'avoir mal à la tête. Ils se parlèrent quand il le fallait, se contentant de phrases courtes, et il avait l'impression que Nate était devenu un étranger sur le chemin du retour à Staten Island.

Lucas accepta impulsivement l'invitation de Sam à aller manger une pizza et à jouer au poker avec lui et ses amis, cette nuit-là, même si Sam avait juste proposé parce que Madame Kramer l'avait obligé. Avec un peu de chance, le poker demanderait moins de conversation que de passer du temps avec Monsieur et Madame Kramer.

Avant que Lucas et Sam ne partent, ils participèrent docilement à l'allumage de la menora. C'était la quatrième nuit, et après avoir allumé la bougie du milieu, Madame Kramer passa aux quatre autres, sur la droite. Nate disparut dès qu'ils finirent, et Lucas essaya de mettre ça de côté. À sa grande surprise, il passa du bon temps avec les amis de Sam et oublia presque la tension entre lui et Nate.

Presque.

Sam et lui revinrent à la maison tard, puant la bière qui avait été secouée et pulvérisée sur tout le monde en célébration pour un gars nommé Mutt qui avait gagné un prix particulièrement gros. Ils ne jouaient qu'avec des billets de 1 dollar, mais apparemment, vingt dollars étaient beaucoup trop pour Mutt.

Lucas ouvrit la porte de la chambre sombre de Nate et aussi silencieusement que possible, il s'avança à l'intérieur. Nate dormait, recroquevillé vers la fenêtre. Après avoir considéré ses options – aller au lit en boudant ou risquer de réveiller Nate en prenant une douche – Lucas s'engouffra dans la salle de bain et ferma la porte derrière lui. Se déshabillant, il entra dans la douche, savourant l'eau chaude s'écoulant sur lui.

Il était à son deuxième shampoing quand il réalisa qu'il n'était plus seul. À travers le rideau transparent, il vit Nate fermer la porte de la salle de bain derrière lui. S'appuyant contre elle, Nate le regarda.

—Désolé. T'ai-je réveillé ? demanda Lucas en se tortillant sur place.

Il avait le sentiment qu'il était exposé sous la lumière brillante de la salle de bain et résista à l'envie de se couvrir.

Nate enleva ses lunettes, puis son boxer. Il repoussa le rideau de douche. Le shampoing dégoulina sur son front, et Nate l'essuya de sa paume. Reculant d'un pas, Lucas l'invita silencieusement à le rejoindre dans la cabine.

Puisque c'était bien mieux que de parler, ils se jetèrent dans les bras l'un de l'autre sans un mot et s'embrassèrent, leurs langues dansant ensemble alors que leurs mains exploraient. Lucas ne sut pas quand Nate avait pris le savon, mais il se pencha vers son contact tandis que son compagnon le savonnait.

Son sexe était très attentif, et Lucas pouvait sentir la dureté de Nate contre son cul tandis que ce dernier le détournait du jet d'eau. Ses mains parcouraient toujours Lucas, et puis un de ses doigts s'enfonça juste un peu dans son entrée. Lucas se tendit, ses yeux écarquillés.

— Détends-toi, murmura Nate dans son oreille avant de sucer son lobe doucement.

Lucas essaya d'obéir, et le doigt de Nate s'enfonça un peu plus profondément, l'étirant. L'emplissant d'une légère brûlure, cette sensation… Seigneur, c'était bon. *Vraiment* bon. Il avait dû le dire à haute voix, parce que Nate se mit à rire.

— Attends, ça va devenir meilleur.

— Que vas-tu faire ? demanda Lucas, son cœur battant la chamade.

Il savait qu'il pénétrait en territoire inconnu.

— Je vais te bouffer le cul.

Les paroles semblaient si merveilleusement perverses sur la langue de Nate. Lucas avait beaucoup lu à propos des anulingus, mais lire et en faire l'expérience était deux choses différentes. Il prit une profonde inspiration en tremblant, l'excitation faisant pulser ses veines. Il ne put qu'émettre un « euh ».

Nate passa ses mains de ses flancs à ses hanches.

— Si tu le veux, bien sûr ?

— Oui, oui. Hum.

Riant, Nate s'agenouilla derrière lui, écartant ses fesses. Au premier toucher de la langue de Nate contre son entrée, Lucas pensa qu'il allait venir ici et maintenant. Il se pencha en avant, appuyant ses mains contre les carreaux glissants tandis que Nate léchait et mordillait son cul, enfonçant sa langue à l'intérieur. Si son amant ne l'avait pas tenu par les hanches, Lucas était certain que ses jambes se seraient écroulées sous lui tandis que des éclairs de plaisir traversaient tout son corps, jusqu'au bout de ses doigts.

Il gémit, respirant lourdement alors que Nate faisait des miracles avec sa bouche et sa langue. Quand la main de celui-ci serpenta sa taille pour venir caresser le membre de Lucas, des étincelles l'enflammèrent, et ses boules se contractèrent. Son amant le baisait avec sa langue maintenant, caressant Lucas en même temps, et celui-ci dut serrer les lèvres pour s'empêcher de crier.

Il trembla quand il jouit, poussant de petits halètements tandis que le plaisir l'envahissait, centré dans sa queue et son entrée, où Nate avait enfoui sa tête. Soutenu par le mur, Lucas essaya de reprendre son souffle. La langue de Nate passa le long de son dos jusqu'à ce qu'il blottisse son visage contre la nuque de Lucas.

— Tu aimes ça ? murmura le frère de Sam, mordillant la peau de Lucas.

Ce dernier ne put que hocher la tête. L'érection de Nate était chaude contre son cul et il pensa à ce qu'il ressentirait s'il se penchait et laissait son amant le baiser, d'avoir ce membre enfoncé en lui. Avant qu'il ne puisse faire quoi que ce soit, Nate le fit pivoter et posa la main de Lucas sur sa queue rigide, l'incitant à le caresser. Il obéit, et Nate se pencha vers lui, ses yeux se fermant.

Il ne fallut pas longtemps avant que Nate jouisse, et quand il eut fini, ils se nettoyèrent sous l'eau chaude. Lucas finissait juste de rincer le shampoing restant de ses cheveux quand Nate déclara soudain :

— Désolé à propos d'aujourd'hui. J'ai été un connard. Je peux l'être parfois.

— Ce n'est rien. Je ne voulais pas insister ou quoi que ce soit. J'ai été un connard aussi.

Nate coupa l'eau et sortit de la cabine de douche, enroulant une serviette autour de ses hanches minces avant de remettre ses lunettes embuées.

— Ce n'était pas ta faute. C'est juste…

Il s'arrêta, sa main posée sur la poignée de la porte.

— Quoi ?

— Personne n'a jamais pu lire en moi aussi facilement auparavant.

Puis il fut parti, laissant Lucas seul dans la vapeur.

Chapitre Six

QUAND LE TÉLÉPHONE sonna dans la cuisine, Nate l'arracha presque du socle.

— Allô ?

Il fut silencieux pendant un moment, puis il poursuivit.

— Maman, tu sais que nous avons des tickets pour *Wicked*. En fait, c'est toi qui les as achetés et as insisté pour que j'emmène Lucas à cette stupide comédie musicale en premier lieu.

Lucas se tortilla sur sa chaise à la table de cuisine, mal à l'aise. Il détestait être témoin de disputes, même si elles étaient d'un seul côté. Ils avaient attendu pendant une demi-heure que Madame Kramer revienne à la maison, puisqu'elle avait demandé qu'ils allument la menora avec elle avant qu'ils ne se rendent en ville.

— D'accord, Maman. Je sais.

Après une seconde, il ajouta :

— Je t'aime aussi, dit-il en raccrochant et se tournant vers Lucas. Viens, nous devons allumer ce truc et nous mettre en route.

Lucas suivit Nate tandis que celui-ci s'avançait vers la salle à manger, s'arrêtant pour passer sa tête dans le couloir qui menait vers le salon.

— Papa ! Maman dit que nous devrons juste l'allumer sans elle, ce soir.

— Oh !

Il y eut une pause, puis Monsieur Kramer lança :

— Allez-y, les garçons, faites-le sans moi. Et prenez ma voiture pour vous rendre en ville si vous voulez.

Nate haussa les épaules.

— Ah ouais ? OK, papa.

Devant la baie vitrée, il murmura pour Lucas :

— Il ne nous laisse pas prendre son Audi, d'habitude.

Il craqua une allumette, et Lucas le regarda, surpris.

— Ne dois-tu pas dire ces trucs avant ? Les bénédictions ?

Nate soupira, souriant.

— Tu es pire que ma mère.

Il ferma les yeux et prononça les deux bénédictions rapidement, et Lucas se dit qu'il ne devrait pas trouver ça sexy. Il échoua lamentablement. Nate ouvrit les yeux.

— OK, maintenant, tu peux allumer les bougies.

— Moi ? Je ne suis pas vraiment qualifié.

En riant, Nate craqua une autre allumette, illuminant la bougie du milieu.

— C'est le *shamash*, ce qui veut dire garde ou servant. Donc, nous prenons ça… – Nate prit la main de Lucas et la posa sur la bougie, sa paume chaude couvrant la sienne – … et ensuite, tu allumes les autres bougies avec elle.

Lucas sentit la main de Nate guider la sienne alors qu'ils allumaient les cinq autres bougies, trois toujours éteintes. Se tenant si prés de Nate, Lucas sentait la chaleur de son corps ; il mourrait d'envie de le toucher. Ils remirent le shamash à sa place, mais le tenant toujours alors que leurs yeux se croisaient. Dans la lueur douce des chandelles, Nate n'avait jamais eu l'air aussi beau, et Lucas se pencha vers lui pour l'embrasser.

— Vous devriez y aller ! Le trafic est toujours mauvais dans le quartier des théâtres, lança la voix de Monsieur Kramer du couloir et les deux jeunes hommes s'écartèrent brusquement.

L'homme apparut au détour d'un coin.

— Ah, les bougies sont allumées ! Parfait, dit-il en sortant son portefeuille. Voilà un peu d'argent pour l'essence et pour manger un morceau après la comédie si vous voulez.

Il tendit à Nate un paquet de billets.

— C'est très gentil à toi de t'occuper de l'ami de Sam.

Puis il se tourna vers Lucas avant de retourner au salon.

— Joyeux Noël !

Lucas cilla, réalisant soudain qu'il avait oublié que c'était le réveillon de Noël.

— Oh, c'est vrai. Hum, merci.

Son premier Noël sans son père était arrivé et il ne l'avait même pas remarqué. La culpabilité noua son estomac, et il dut déglutir très fort pour se débarrasser de la boule dans sa gorge.

Dans la voiture, ils restèrent silencieux tandis que Nate se dirigeait vers le pont Verrazano.

— Tu vas bien ? Je sais que ça doit être dur, avec la mort de ton père et tout le reste. Maman m'a dit que tu n'as pas d'autre famille ?

— Non, pas vraiment. Et ouais, merci, répondit Lucas en soupirant. Ça craint. On aurait pensé que…

Il secoua la tête.

— Quoi ? demanda Nate en frottant sa cuisse avec sa paume.

— Je le savais qu'il allait mourir depuis des mois.

Alors, c'est arrivé. Il s'est battu tellement fort, mais il le savait. On aurait pensé que je serais plus habitué à ça maintenant ou quelque chose comme ça. Parfois, je vois quelque chose et je pense : Oh, je dois le dire à Papa. Ou, Papa va aimer ce film. Ou peu importe. Comme si j'oubliais.

— Je pense que c'est normal, dit Nate en le caressant doucement, sa main chaude sur la cuisse de Lucas. C'est difficile aussi avec les vacances. Ces anciennes traditions.

La manière dont Nate le touchait – pas d'une manière sexy, il le réconfortait en quelque sorte – emplit Lucas de nostalgie. Il savait qu'il ne devrait pas trop s'attacher. Nate avait été clair sur le sujet : ce n'était qu'une aventure de vacances. Mais peut-être…

— Regarder du football et manger des cochonneries ne sont pas des traditions familiales sacrées que nous passerons de génération en génération, dit Lucas en forçant un rire. Je n'aime même pas le football.

— Eh bien, mon père et Sam seraient plus qu'heureux de maintenir cette tradition, sans aucun doute.

Lucas se mit à rire.

— Sans aucun doute.

Regardant les lumières de la ville passer alors qu'ils entraient dans Manhattan, il fut silencieux pendant un moment, savourant la caresse de Nate.

— Merci de m'avoir laissé allumer les bougies. C'était… agréable, déclara Lucas.

Puis il grinça des dents intérieurement, remarquant que sa voix avait pris une note lamentable.

— Ouais.

Nate enleva sa main pour la remettre sur le volant.

— Ce n'est rien.

Exactement. Ce n'est rien. Alors, n'en fais pas quelque chose, raté, s'ordonna Lucas.

Quand la comédie se termina quelques heures plus tard, Lucas et Nate marchèrent dans la nuit claire et froide, passant entre une horde d'adolescentes qui attendaient à l'entrée des artistes pour voir le garçon qui jouait en ce moment Boq. Des taxis klaxonnaient sans cesse, et la ville était vivante de lumière et de bruit tandis que Nate le dirigeait vers le centre Rockefeller pour voir l'arbre de Noël.

Une légère neige commença à tomber presque au bon moment alors qu'ils approchaient et se traçaient un chemin à travers la foule qui se bousculait pour regarder. Lucas admira l'arbre massif qui éclipsait la patinoire en dessous, que des centaines de personnes au moins encerclaient. Un homme vendait des marrons chauds tout prés, l'odeur emplissant l'air de décembre. C'était comme être dans un film.

Après une minute, il réalisa que Nate gloussait.

— Qu'y a-t-il de drôle ? demanda Lucas.

— Tu ressembles à Dorothée à son arrivée à Oz.

— Ne me force pas à commencer à chanter, le menaça Lucas en revêtant une expression mi-sérieuse, mi-moqueuse.

— Commencer ? Tu n'as pas arrêté de fredonner et de sautiller depuis que nous avons quitté le théâtre !

Lucas tapota le bras de Nate d'un air joueur.

— Eh bien, j'adore les comédies musicales, d'accord ? En plus, ne me dis pas que ça ne t'a pas plu. Tu sais que tu as été *verklempt*[3] à la fin.

— Ohhhhh, maintenant, tu me sors du judéo-allemand ! Impressionnant. Très impressionnant.

— Ta bubbe m'a appris une chose ou deux l'autre nuit.

Le téléphone de Nate se mit à sonner et pendant qu'il s'écartait de la foule, Lucas le suivit, regardant autour de lui avec émerveillement. Manhattan la nuit était aussi vibrante et enivrante qu'il l'avait imaginé. Il repensa fugitivement à la petite cité universitaire endormie à laquelle il retournerait bientôt, où il s'était senti si seul et son pas léger ralentit, redevenant lourd. La

---

[3] Bouleversé.

ville de New York semblait juste si pleine de *possibilités*.

Remettant son téléphone portable dans sa poche, Nate se tourna vers lui et le regarda d'une manière critique, puis il ouvrit la nouvelle veste bleue de Lucas.

— Tu dois enlever ta veste.

— Quoi ?

Lucas regarda son jean, son tee-shirt noir, et la veste au-dessus.

— Tu m'as dit que ça m'allait.

— Je pense que mes mots exacts étaient que tu allais te fondre dans la masse de touristes, le taquina Nate.

— D'accord, où allons-nous maintenant ?

— Dans un endroit où l'on n'aura pas besoin de vêtements, sourit Nate d'un air diabolique. Ne t'inquiète pas, tu vas adorer.

LUCAS FRISSONNA, FROTTANT ses bras nus alors qu'il essayait de rétablir la circulation du sang. La queue pour entrer dans le club était longue, mais Nate avait insisté pour que Lucas enlève son tee-shirt et sa veste et qu'il les tienne, même si la nuit devenait de plus en plus froide. Nate avait enlevé son sweater et sa veste et essayait clairement de ne pas frissonner dans son débardeur blanc.

Le panneau en néon sur le bâtiment criait *Gomorrah* en rouge écarlate. Lucas était amusé de voir que tant de gens allaient s'amuser dans un club pendant Noël. Il ne voulait qu'aller à la maison et se pelotonner avec Nate dans l'un des lits, mais il ne voulait pas être un rabat-joie.

Bien entendu, le club était bondé, et la musique était si forte que le trottoir vibrait pratiquement avec les bruits de basse, mais quand vous êtes à Rome, faites comme les Romains. De plus, il était avec Nate, et il était temps que Lucas aille dans un club gay. Il les avait vus dans les films seulement, et son cœur rata un battement, excité à la pensée d'aller dans ce genre de club. Ça faisait Officiel-lement Gay.

— T'ai-je mentionné que je n'ai pas vingt et un ans ? murmura Lucas, en se penchant vers Nate.

— Chuuuut. Aie l'air juste mignon, ce qui sera facile. Je vais gérer le reste.

Ce fut ensuite leur tour, et Nate tendit deux pièces d'identité au videur, qui les regarda attentivement et miraculeusement, les fit entrer. Faisant la queue pour entrer dans les vestiaires, Lucas essaya d'être détendu, mais il n'y arriva pas.

— Que lui as-tu donné ?

La musique était assourdie dans le vestibule, mais toujours aussi bruyante. Les lunettes embuées, Nate posa les lèvres, juste devant l'oreille de Lucas, envoyant un frisson le long de sa colonne vertébrale.

— Mon permis de conduire et ma carte de bibliothèque, plus cinquante dollars que mon père m'a donnés.

Lucas ne s'arrêta pas de rire jusqu'à ce qu'ils ouvrent les portes pour entrer à l'intérieur du club. Il regarda autour de lui, sans voix. L'espace circulaire à niveaux multiples et caverneux était rempli d'hommes. Des hommes jeunes et sexys. Les lumières stroboscopiques pulsaient en même temps que la musique assourdissante, et Lucas pouvait à peine s'entendre penser.

Quelques femmes étaient ici et là, mais dans l'ensemble, c'était plus d'hommes que Lucas n'en avait jamais vus. Des hommes *gay*. C'était le paradis. Un paradis bien trop bruyant, bondé et sexuel, bien entendu. Mais excitant en même temps.

Nate avait dû apercevoir ses amis, parce qu'ensuite, il prit la main de Lucas et le tira après lui alors qu'ils se faisaient signe à travers la foule qui entourait la piste de danse. Cela ne dérangeait pas Lucas ; aussi longtemps que Nate tienne sa main, il irait partout avec lui.

— Salut ! les apostropha un gars sexy, ayant la peau brune et les yeux les plus clairs que Lucas ait jamais vus.

Ces yeux parcoururent Lucas de haut en bas. Il fit un clin d'œil à Nate avant de déposer un baiser sur ses lèvres. Puis il se tourna vers Lucas, tendant sa main en parlant d'une voix forte par-dessus le vacarme.

— Je suis Yaman.

Quatre autres hommes très jeunes les rejoignirent, embrassant tous Nate sur la bouche en le saluant, Lucas les observa en essayant de cacher sa surprise. Et aussi, le sursaut d'une jalousie maladive. Nate avait laissé tomber sa main quand ils avaient trouvé leur petit espace dans la foule, et Lucas lutta contre l'envie d'entourer les épaules de son amant d'un air possessif.

Après que Lucas fut présenté à Jamie, Ryan, Gord, et Dave, il essaya de prêter attention à leur discussion qui concernait des personnes qu'il ne connaissait pas. C'était étrange de voir Nate avec ses amis, parlant, riant et être plus extraverti et confiant qu'il ne l'était avec sa famille. Lucas avait aperçu ce côté de lui quand ils étaient seuls, mais c'était saisissant de le voir si détendu.

Il essaya vaillamment de ne pas se demander si Nate avait couché avec l'un d'eux. Il savait que ce n'étaient pas ses affaires, mais son esprit ne pouvait pas s'arrêter de penser à Nate avec d'autres hommes. Il le voulait pour lui seul.

Quand Gord – Lucas était certain que c'était Gord et non Dave – l'entoura d'un bras et demanda :

— Et quelle est l'histoire de ce petit mignon ?

Lucas y répondit par un éloquent :

— Euh…

Nate intervint et enleva le bras de Gord.

— Bas les pattes !

Les amis de Nate se regardèrent tous entre eux en haussant les sourcils et en s'écriant :

— Ooohhhhhh !

Yaman sourit à Lucas.

— Tu dois vraiment être une personne spéciale.

— Ne me dites pas, ajouta Jamie, que Môssieur Pas de Petit-Ami, Jamais de la Vie est fou amoureux ?

— La ferme ! dit Nate en enfouissant ses mains dans ses poches. Il est juste nouveau. Je ne veux pas que vous lui fassiez peur. Je me fiche pas mal de ce que Lucas fait.

Cela le blessa plus profondément qu'il ne l'aurait pensé. Lucas savait qu'il devait en rire, mais il ne put que regarder ses pieds, mourant d'envie d'être ailleurs. Une main tapota son épaule et il releva les yeux pour trouver Ryan qui lui souriait gentiment.

— Ne l'écoute pas. Allez, viens danser avec moi.

Lucas secoua la tête.

— Je suis un mauvais danseur.

— Moi aussi ! Allez, bébé. Nous serons mauvais ensemble.

Ryan tendit la main et eh bien, pourquoi pas ?

C'était mieux que d'être avec Nate qui se fichait de lui apparemment.

Après deux chansons d'une danse saccadée, Lucas se détendit avec la musique, se fichant qu'elle soit aussi bruyante. C'était presque impossible de penser et c'était ce dont il avait besoin.

Yaman et Dave les rejoignirent aussi et Lucas se força à ne pas chercher Nate du regard. Si celui-ci ne se souciait pas de lui, pourquoi Lucas le ferait-il ?

Peut-être que je ne le devrais pas, mais je me soucie de lui quand même.

Il dit à sa voix intérieure de la fermer et sautilla sur la piste de danse, suant tandis que la nouvelle chanson de Lady Gaga commençait. Après quelques autres chansons, il fit un geste aux gars et sortit de la piste, ayant désespérément besoin de…

Et Nate fut là, lui tendant une bouteille d'eau. Lucas la prit d'un air reconnaissant et en but la moitié avant d'essuyer sa bouche.

— Merci ! cria-t-il.

— Veux-tu une vraie boisson ? lança Nate. Je conduis, mais je peux t'en payer une.

— Nan, mais merci.

Lucas essaya de penser à quelque chose à dire et échoua lamentablement.

Puis Nate lâcha soudain.

— Je suis désolé. J'ai été un connard. Ce n'est pas à moi de dire qui peut te toucher et….

Il haussa les épaules avec un profond soupir puis il s'affaissa, ses mots devenant rapides et à peine audibles par-dessus la musique techno.

— Je m'en soucie. Je tiens à toi. Et ça me fait peur.

— Je tiens à toi aussi.

— Je ne sais pas si…

Nate s'interrompit en secouant la tête.

— Mais j'ai été un connard complet et tu ne le mérites pas.

— Je te pardonne.

Ses sourcils se haussèrent.

— Juste comme ça ?

Lucas haussa les épaules.

— Ouais, je ne veux pas qu'on soit fâchés.

Il tendit la main vers Nate et celui-ci la prit, l'attirant pour un long et lent baiser.

Quand ils s'écartèrent, Nate demanda :

— Veux-tu danser encore ?

— Nan. Je veux juste regarder.

Avec un hochement de tête, Nate conduisit Lucas à travers les escaliers du deuxième étage. Un balcon vitré avec une rambarde qui en faisait le tour, d'où ils regardèrent la piste de danse. Nate se tenait derrière Lucas, ses bras autour de sa taille et ses mains sur son ventre. C'était incroyable d'être dans un endroit où il était permis de se toucher. Où personne ne les jugerait ou les haïrait ou voudrait les frapper. L'excitation était grisante et monta à la tête de Lucas comme du champagne.

Une foule de corps masculin se balançait comme une seule et même personne au-dessous d'eux, la peau nue brillante de sueur et de la poudre scintillante qui pleuvait sur la salle à intervalles réguliers. Quelques hommes se contentaient de danser, mais d'autres se frottaient les uns contre les autres, les membres emmêlés, s'embrassant désespérément. Lucas réalisa qu'il était à moitié dur et il essuya la sueur de son sourcil.

— Il fait chaud ici ! cria-t-il.

— Comment était la chanson ? Je pense que tu es censé enlever tes vêtements maintenant, dit Nate en mordillant le lobe de Lucas.

Frappé d'une pulsion folle, Lucas enleva son tee-shirt, l'accrochant à sa ceinture. Regardant par-dessus son épaule, il vit l'expression soudainement sérieuse de Nate, ses yeux assombris de désir alors que sa bouche s'abattait sur la sienne, l'embrassant follement.

Retenant son souffle, Lucas se retourna vers la piste

de danse tandis que Nate s'approchait plus près de lui, ses mains parcourant son corps, caressant son torse. Son compagnon gratouilla de ses ongles les poils de son torse avant de taquiner ses tétons, l'un après l'autre. Tandis qu'il suçait la jointure de son cou et de son épaule, l'adrénaline pulsant dans les veines de Lucas.

Quand la main de Nate défit habilement le jean de son amant et se glissa à l'intérieur, Lucas jeta un regard furtif autour de lui. Des yeux effrontés étaient fixés sur eux de tous les côtés, et il constata qu'être regardé l'excitait tellement que son sexe devint plus dur encore.

Alors que Nate le caressait, celui-ci murmura à son oreille :

— Tu aimes ça ? D'être le centre de l'attention ?

Lucas hocha la tête, se léchant les lèvres. Il regarda les danseurs dans la grande salle, les bras, les jambes et les torses brillants comme une mer de fumée et de paillette. Il était un *vrai* homme gay. Il s'était toujours senti en quelque sorte comme un imposteur, mais maintenant : regardez-le. Il se trouvait dans un club gay, étant plus sauvage qu'il ne l'avait jamais imaginé. Il n'avait pas besoin d'une boisson pour se sentir enivré.

Nate resserra son poing autour du membre de Lucas. Puis sa main libre s'enfouit dans son boxer, son doigt touchant son ouverture. Lucas frissonna et haleta, ses yeux se fermant. Nate le caressa plus rapidement, le bout de son doigt dansant autour de son entrée.

Avec la musique bruyante, Lucas ne tenta pas de ravaler ses gémissements de plaisir, et alors que Nate enfonçait son doigt à l'intérieur de lui et l'inclinait, Lucas jouit avec un cri. Il avait l'impression que celui-ci avait retenti dans tout le club.

Nate le soutint, enveloppant ses bras autour de Lucas alors qu'il embrassait sa joue.

— Je savais que tu étais le genre à crier si on t'en donnait l'occasion.

Se cramponnant à la rambarde, Lucas cligna des yeux en regardant l'endroit où son sperme avait giclé sur la vitre. Il pouvait toujours sentir la chaleur d'un millier de regards anonymes sur lui et savait qu'il rougissait furieusement.

— Bon sang ! Je ne peux pas croire que j'aie fait ça.

Il aurait dû être horrifié, mais c'était si excitant d'être *libre*. D'être entouré par des centaines de personnes comme lui, où il pouvait embrasser Nate et ne pas avoir peur. Il avait fait plus que l'embrasser même !

— Bon sang, répéta-t-il.

Lucas avait l'impression que sa tête allait exploser, Nate embrassa son cou alors qu'il remettait le sexe de son amant dans son jean et fermait sa fermeture éclair.

— Peut-être que ce sera la nouvelle tradition de Noël ? cria-t-il alors qu'une nouvelle chanson qui ressemblait à la dernière commençait et que tout le monde applaudissait.

Lucas se mit à rire.

— Je ne le pense pas.

Il regarda autour de lui, la vague de sa jouissance se dissipant. Heureusement, les spectateurs passaient déjà à autre chose.

— Je ne voudrais pas venir ici aussi souvent. Désolé, je suis super nul.

Nate le fit pivoter et lissa les cheveux humides de son amant en arrière. Il se pencha vers lui, enveloppant ses bras autour de la taille de Lucas.

— Tu veux connaître un secret ? Je ne suis pas un fan des clubs, non plus. Mes amis aiment ça, alors je viens avec eux quelques fois. J'ai pensé que tu devais en faire l'expérience et juger par toi-même. C'est normal, mais je voudrais vraiment aller à la maison et jouer au nouveau *Dead of Winter*.

Le visage de Lucas s'éclaira.

— Le jeu de zombie ? J'ai toujours voulu l'essayer, mais mon père ne pouvait pas se concentrer assez, et je n'ai jamais eu aucun ami, alors…

— Alors, que dirais-tu de quitter cet endroit et de

rentrer ? demanda-t-il en remuant les sourcils. Où nous pouvons aussi nous sucer.

— Je dirais : Joyeux Noël à moi !

Avec un soupir, Nate prit sa main et le dirigea vers la sortie, Lucas flottant pratiquement derrière lui.

Chapitre Sept

LE LENDEMAIN DANS l'après-midi, après des heures à essayer de survivre à l'apocalypse Zombie – ponctuées de sessions sensuelles incluant des baisers et des caresses – Lucas et Nate se serrèrent à l'arrière de la voiture familiale pour rendre visite à la sœur de Madame Kramer. Lucas était assis au milieu, Sam prenant tellement de place à sa droite qu'il n'avait d'autre choix que de se coller à Nate, leurs genoux se pressant fermement l'un contre l'autre.

La cousine de Nate, Rachel, ouvrit la porte de la maison de style ranch, les saluant – surtout Lucas – d'un air enthousiaste. La maison était plus petite que celle des Kramer, mais tout aussi élégamment décorée. La plus grande partie de la famille qui avait été présente la première nuit d'Hanoucca était là, et après avoir allumé le shamash et les six chandelles de la menora juste avant

"

le coucher de soleil, les enfants commencèrent un jeu de *dreidel*, sur le tapis.

Lucas était assis sur le canapé, regardant les enfants tourner la toupie cubique à pointe arrondie et faire des paris avec des pièces en chocolat enveloppées d'or. Cela dépendait en fait de la manière dont le dreidel tombait, et les joueurs gagnaient plus de pièces ou ajoutaient une autre dans le pot et parfois quand ils la tournaient, rien ne se passait du tout.

Le grand-père de Nate se joignit à Lucas et commença à applaudir, chantant d'une voix de baryton.

— Oh dreidel, dreidel, dreidel, je t'ai fait de terre battue. Oh dreidel, dreidel, dreidel, avec un dreidel, je vais jouer, le vois-tu ?

Les enfants se joignirent à lui, et Lucas nota d'un air amusé que Nate, qui regardait le jeu de la fenêtre chantait également. Son amant croisa ses yeux et il s'arrêta subitement de chanter, son rougissement visible à travers la pièce.

Quand le jeu fut fini, Linda, une version plus petite et plus ronde que sa sœur, Madame Kramer leur donna une pile de cadeaux de l'autre pièce. Les enfants s'écrièrent de joie alors qu'ils déchiraient le papier cadeau des jeux vidéo et de ce que Lucas pouvait deviner être la dernière poupée Barbie. Nate se percha sur l'un des accoudoirs du canapé à côté de lui pour déballer son cadeau. Lucas résista à l'envie de s'appuyer contre son amant.

— Alors, vous avez des cadeaux à Hanoucca ? Ça n'a rien à avoir avec le fait que ce soit Noël aujourd'hui ?

— Traditionnellement, il n'y a pas de cadeaux, mais les petits enfants juifs se sentent mis à l'écart lors de la folie de Noël. Les adultes n'ont habituellement aucun cadeau. Puisque la plupart du temps, tout le monde ne travaille pas le jour de Noël, ça plaît à la famille de se réunir encore aujourd'hui.

Nate déballa doucement la boîte que ses parents lui avaient offerte, révélant un appareil photo dernier cri qui fit écarquiller ses yeux et un sourire élargit son visage.

— Peut-être que tes parents sont plus cool que tu ne le penses à propos de la photographie, murmura Lucas.

Nate ricana.

— Je n'irais pas jusque-là. Cela reste mon « petit hobby » pour eux.

Il se leva pour étreindre ses parents alors que Sam laissait échapper un halètement surpris.

— Whaou ! C'est super !

Il tourna une photo noir et blanc encadrée de lui-même bondissant pour marquer un panier. Sam sourit et attira Nate dans une étreinte d'ours.

— Merci, mec ! Désolé, je ne t'ai rien acheté.

— Ce n'est rien ; ne t'inquiète pas. J'ai juste pensé que tu l'aimerais.

Nate s'écarta de l'étreinte de Sam alors que tout le monde admirait la photo. C'était vraiment beau, capturant Sam dans un bond parfait.

Au dîner – constitué de cuisine chinoise, dont on avait dit à Lucas que c'était devenu une tradition maintenant –, Linda profita du silence pendant que tout le monde mangeait, pour dire à Nate :

— J'ai vu la mère de Stéphanie Stein la semaine dernière, à la synagogue, et elle m'a dit que Stéphanie est de nouveau libre. Une si belle fille !

À côté de Lucas, Nate baissa le regard sur son assiette, repoussant son chow mein avec sa fourchette, et Lucas pouvait sentir la tension qui s'échappait de lui par vagues.

— Je suis certain qu'elle est super, mais je suis trop occupé avec l'école pour le moment. Merci quand même.

— Trop occupé ! fit Linda en claquant sa langue. Ton frère n'est jamais trop occupé pour les filles. Elle est si belle ! Emmène-la juste pour dîner, tu vas l'adorer, tu verras.

Lucas regarda Madame et Monsieur Kramer, qui se fixaient et semblaient avoir une conversation télépathique.

Avant que Nate puisse répondre, Sam intervint.

— Pourquoi vous ne le laissez pas tranquille ? Il aime faire ses trucs et c'est tout.

Cela arrêta immédiatement la discussion et après quelques moments gênants, Monsieur Kramer complimenta Linda sur ses boulettes de poulet au goût sucré et salé, tout le monde partageant ses sentiments.

Sous la table, Lucas couvrit le pied chaussé de son amant avec le sien. Nate lui adressa un sourire et prit sa dernière boulette de poulet pour la poser sur l'assiette de Lucas. Ce dernier lui sourit en retour, et pendant qu'il la mangeait, il réalisa que Monsieur et Madame Kramer les regardaient, leurs expressions semblant un peu trop neutres.

Néanmoins, le visage de Lucas devint rouge et il déplaça son pied, baissant les yeux sur son assiette, très intéressé soudain par son canard pékinois.

DÉS QU'ILS FURENT à nouveau dans la chambre de Nate, ce dernier poussa Lucas contre la porte et l'embrassa durement. Il écarta ses jambes avec son genou et frotta leurs sexes ensemble tandis que sa langue fouillait la bouche de Lucas.

Celui-ci haleta, cherchant son souffle, un sourire étirant ses lèvres.

— Est-ce la chanson du Dreidel qui te rend toujours aussi excité, Nathaniel ?

Nate grogna pratiquement, faisant tourner Lucas et le dirigeant vers le lit avant de prendre la chaise de son bureau et de la mettre sous la poignée de porte. Lucas attendit, devenant de plus en plus excité par le désir qu'il voyait dans les yeux de Nate.

Ce dernier ouvrit l'un des tiroirs et fouilla à l'intérieur, ne se souciant même pas d'allumer la lumière. Les rideaux étaient ouverts, et le lampadaire de la ruelle projetait une faible lueur blanche et des ombres sur la chambre. Quand Nate enleva ses vêtements, Lucas fit de même, et bientôt, ils furent tous les deux nus et s'embrassant sur le lit étroit.

Nate pressa quelque chose dans sa main et Lucas réalisa qu'il tenait un préservatif. Ses yeux se relevèrent soudainement pour croiser ceux de son amant :

— Tu veux…

Le regard de Nate fut calme et direct.

— Je veux que tu me baises.

Lucas déglutit. *Joyeux Noël, mon vieux.*

Après avoir posé ses lunettes sur la table de chevet, Nate s'agenouilla et ouvrit le tube de lubrifiant. Il tendit la main derrière lui. Lucas réalisa qu'il se lubrifiait, et son membre sursauta d'anticipation. Ils allaient vraiment le faire.

Il allait baiser un autre homme.

Nate se doigta, son torse pâle brillant dans la faible lueur du lampadaire. Un petit sourire étirait ses lèvres et Lucas prit une inspiration calme et profonde, son pouls battant rapidement. Il déchira l'emballage du préservatif et le roula sur lui-même. Avec une main glissante, Nate caressa le membre de Lucas et celui-ci tenta de garder son calme.

Quand Nate se mit à quatre pattes, Lucas perdit presque pied, mais il se faufila derrière lui, tenant son amant par les hanches. Il positionna le bout de sa queue à l'entrée de Nate, prenant une profonde inspiration. Le moment était arrivé. Il avait vu assez de porno pour savoir ce qu'il faisait, n'est-ce pas ?

— Baise-moi, grinça Nate.

Le cœur battant, Lucas s'enfonça en lui, bougeant dans ce canal incroyablement chaud et serré, centimètre par centimètre. Nate se rejeta en arrière, resserrant ses muscles et établissant un rythme. Lucas commença à aller et venir, le plaisir le consumant et se dirigeant droit sur sa queue. Après un début timide, il eut l'impression qu'il commençait à assimiler, attrapant les épaules de Nate pour avoir une meilleure prise alors qu'il pénétrait son cul.

Nate grogna et haleta, leurs peaux devenant humides de sueur tandis que Lucas s'enfonçait en lui.

— Plus fort, ordonna Nate.

Lucas remua les hanches plus violemment encore, haletant et se mordant la lèvre pour s'empêcher de crier. Il était à l'intérieur d'un autre homme. Il était à l'intérieur de *Nate*, il baisait *Nate*. Il ne voulait plus jamais que ça se termine. Il voulait rester en lui à jamais, verrouillé ensemble dans un abandon jouissif.

Mais bientôt, il fut sur le point d'exploser. Tremblant, il s'arrêta de bouger pendant un moment, forçant son corps à lui obéir alors qu'il cherchait son souffle. De la sueur humidifiait son sourcil. Quand il eut le contrôle à nouveau, il se balança à nouveau, plongeant dans la chaleur de Nate.

Tendant sa main en arrière, Nate prit celle de son amant et la posa sur sa propre queue tandis qu'ils bougeaient ensemble. Lucas le caressa rapidement, masturbant le membre de son amant au même rythme que ses coups de reins. Nate resserra son cul, et ce fut la jouissance pendant qu'il tremblait.

La pression et la chaleur sur son membre étaient intenses, et avec un cri, Lucas jouit dans son préservatif, fermant les yeux alors que l'orgasme secouait son corps. Il s'effondra sur le corps de son amant, tous deux haletant difficilement, la peau humide. Après une minute, il sortit avec réticence et se tint sur ses jambes tremblantes.

Il se débarrassa du préservatif, l'enveloppant dans du papier toilette juste au cas où Madame Kramer soit du genre fouineuse, Lucas retourna dans la chambre. Il se tint au pied du lit de Nate, ne sachant pas quoi faire. Ce dernier était allongé sur son estomac même si cela devait être humide, prenant toute la place.

Lucas se sentit soudain très exposé, et il mit rapidement son tee-shirt et son pantalon de pyjama. Se tournant vers Nate, il s'assit sur un côté du matelas et attendit. Les yeux de Nate étaient fermés, donc il allait juste dormir maintenant ? Lucas devenait-il flippant en restant assis là à le regarder ? Il venait juste d'être à *l'intérieur* de Nate. Cela voulait sûrement dire quelque chose, non ?

Les yeux toujours fermés, Nate lui fit signe de le rejoindre.

— Viens ici.

Lucas s'agenouilla devant le lit. Il s'éclaircit la gorge.

— Je suppose que nous devrions dormir.

Ouvrant les yeux, Nate posa la main derrière sa tête et l'attira à lui pour un baiser lent et profond.

— C'était génial.

Un vague de fierté envahit Lucas et le fit sourire, Nate le tapota sur le nez d'un air affectueux.

— Tu as ça en toi.

Dire merci semblait en quelque sorte stupide, alors Lucas se contenta de l'embrasser à nouveau avant de grimper dans l'autre lit. Ils étaient seulement éloignés l'un de l'autre de quelques pas, mais Lucas mourrait d'envie de se presser contre le corps chaud de Nate et de s'endormir contre lui.

Arrête ça. Cela ne veut rien dire. C'est juste du sexe. Une aventure de vacances. C'est tout.

Pourtant, alors que ses yeux devenaient lourds, Lucas ne put s'empêcher *d'espérer*.

LA JOURNÉE DU lendemain matin arriva lumineuse et très ensoleillée, alors Madame Kramer leur annonçait que c'était parfait pour visiter le Zoo du Bronx. Lucas ne s'attendait pas à ce que celui-ci soit si grand ou soit à la fine pointe de la technologie et la seule chose qui aurait pu rendre ça meilleur aurait été de tenir la main de Nate.

Il mourrait d'envie de le toucher tout le temps et pensait même à le traîner dans les toilettes après un rapide déjeuner. Il laissa tomber quand Monsieur Kramer insista pour venir aussi. Nate l'avait taquiné en lui adressant un bref clin d'œil aux urinoirs, donc apparemment Lucas devait dissimuler un peu mieux sa frustration sexuelle.

Après qu'un bénévole leur ait donné une leçon sur les lémuriens à la fin de l'après-midi, les Kramer et Lucas entrèrent dans la boutique de souvenirs. Lucas fut attiré par les magnets, et tandis qu'il prenait un gorille du support métallique, il dit à Nate :

— Mon père aurait…

Il s'interrompit, les mots se coinçant dans sa gorge. Lucas réalisa qu'il n'avait pas pensé à son père de toute la journée. Ce dernier aimait collectionner des magnets farfelus des endroits où ils allaient, couvrant complètement leur réfrigérateur.

Comme si l'on ouvrait un barrage, la culpabilité et la douleur l'envahirent. Il cligna des yeux pour repousser les larmes, le magnet tombant au sol. Il était vaguement conscient de la main de Nate posé sur son bas du dos, le sortant du magasin dans l'air froid de la ville. Il essaya d'inspirer, s'appuyant sur le mur du bâtiment.

Du coin de l'œil, il vit les Kramer sortir à leur tour. Nate les éloigna en murmurant et Lucas se força à se ressaisir. Après quelques profondes inspirations, il s'avança vers eux.

— Désolé, dit-il. J'ai juste eu un moment. Je vais bien.

Madame Kramer claqua la langue.

— Mon cher, tu n'es pas obligé de faire bonne figure. Nous savons à quel point ce doit être difficile pour toi. Si tu veux en parler, nous sommes tous là pour t'écouter.

— Pourquoi ? lâcha Lucas, puis il secoua la tête. Je suis désolé. Je… merci. Ce que je voulais dire, c'est : je ne sais pas pourquoi vous êtes si gentils avec moi. Vous ne me connaissez même pas.

Nate y répondit.

— La personne qui a la patience de partager une chambre avec Sam sans l'assassiner…

— … est toujours la bienvenue chez nous, termina Monsieur Kramer, adressant à Nate un regard rieur.

À Lucas, il ajouta :

— Cela a été un plaisir de te connaître pendant cette semaine. J'espère te voir un peu plus dans le futur.

Lucas se sentit stupide d'avoir causé une scène, et ils étaient si gentils à ce sujet. Il sourit faiblement.

— Merci encore une fois. Mais Sam va être diplômé bientôt et…

Madame Kramer sourit.

— Eh bien, Nathaniel et toi semblez vous entendre à merveille. N'est-ce pas ?

— Euh…, fit Lucas.

Ne rougis pas. Ne rougis pas.

— Ouais.

Elle regarda Nate, qui haussa les épaules et hocha la tête en même temps. Il y avait quelque chose à propos de son sourire et une étrange tension qui flottait dans l'air, Lucas détourna la tête.

Sait-elle quelque chose ?

Avant que l'instant ne devienne plus étrange encore, Monsieur Kramer annonça par chance qu'il avait faim et qu'il était temps de rentrer à la maison. Madame Kramer et lui gardèrent un flux constant de discussion dans le véhicule, leur enjouement forcé était évident.

Lucas regarda par-delà la fenêtre, plus conscient que jamais que, peu importait à quel point les Kramer étaient gentils avec lui, son père – sa seule famille – était parti. Nate était juste à côté de lui, mais hors de portée. Il ne voulait pas d'une relation amoureuse, il avait dit non, peu importait à quel point Lucas se sentait proche de lui. Après les vacances, il serait seul à nouveau.

La soirée passa dans le brouillard… allumant la menora et ensuite regardant un film, celui-ci parlait de créatures des ténèbres attaquant la terre. Lucas prit un morceau de pizza et dit à Madame Kramer qu'il allait bien. Quand arriva le générique de fin, il s'excusa pour la nuit. Nate le suivit quelques minutes plus tard, fermant la porte de sa chambre calmement derrière lui. Lucas grimpa dans son lit, Nate le regardait silencieusement.

— Je veux juste dormir, d'accord ? dit Lucas.

Ce qu'il voulait vraiment, c'était être enlacé, mais pouvait-il le demander à Nate ? C'était seulement supposé être une aventure de vacances, et aussi gentil que Nate puisse être, les câlins dépassaient certainement les limites.

Son amant hocha la tête, et bientôt, il fut allongé dans son propre lit, les lumières éteintes. Se recroquevillant sur le côté, faisant face à la porte, Lucas essaya de se vider l'esprit, mais c'était inutile. Il ne pouvait s'arrêter de penser au stupide magnet de gorille. La collection de magnets de son père était rangée dans une boîte dans un garde-meuble au Michigan avec le reste de leurs affaires qu'ils avaient dans leur appartement. Lucas avait eu du mal à apporter quoi que ce soit à l'université, et quand aurait-il une *vraie* maison à nouveau ?

Un sanglot le saisit, lui coupant le souffle et il enfouit son visage dans son oreiller pour étouffer les autres qui suivirent. Quand son père était finalement parti, Lucas n'avait pas pleuré. Les infirmières l'avaient étreint et lui avaient dit de se laisser aller, mais il avait insisté qu'il allait bien. Maintenant, les larmes ne voulaient pas s'arrêter.

Après quelques moments, le matelas se creusa et la longue silhouette de Nate s'allongea derrière lui, ses bras l'entourant et l'attirant à lui. Tandis que Lucas pleurait, Nate caressa ses cheveux, murmurant des mots apaisants en hébreu qui ressemblaient à une berceuse.

Lucas ne sut pas combien de temps il pleura avant que sa respiration ne redevienne plus facile. Nate le réconfortait toujours, et bientôt, le jeune homme en voulut plus. Eut *besoin* de plus. Il bougea et dans un enchevêtrement de membres, Nate se positionna au-dessus de lui dans le lit étroit. Lucas lui fit baisser la tête pour un baiser, et leurs langues se lièrent ensemble tandis que les mains de Lucas parcouraient le corps de son amant, glissant sous son tee-shirt.

La sensation du corps de Nate au-dessus du sien était grisante, mais pas assez.

— S'il te plaît, souffla Lucas.

Nate recula et le regarda pendant un moment, plissant les yeux dans l'obscurité, demandant sans un mot si Lucas en était certain.

— S'il te plaît, répéta Lucas.

Il passa le tee-shirt de Nate par-dessus sa tête, et bientôt, leurs pyjamas furent mis de côté.

Nate se leva et revint avant que Lucas ne le sache. Il

plia les genoux de son amant, plaçant ses pieds sur le lit, s'agenouillant devant lui. Pressant le tube dans sa paume, Nate réchauffa le lubrifiant dans ses mains avant que ses doigts ne trouvent l'ouverture de Lucas, faisant entrer doucement le gel à l'intérieur. Il commença avec un seul doigt et caressa légèrement le membre de Lucas avec son autre main. Puis deux doigts.

Quand il eut enfilé le préservatif et lubrifié celui-ci, il s'approcha plus près de Lucas et plaça ses jambes sur ses épaules, l'ouvrant. Lucas ne s'était jamais senti aussi vulnérable, mais il frissonna d'anticipation. Il faisait complètement confiance à Nate.

Ce dernier s'enfonça lentement dans son canal chaud, et Lucas eut l'impression qu'on l'écartelait. Ses yeux s'humidifièrent de larmes et il haleta tandis que la douleur s'intensifiait. Nate se pencha vers lui, l'embrassant tendrement sur tout le visage : les joues, le front et les yeux.

— Contente-toi de respirer, murmura-t-il, et Lucas sentit un calme l'envahir, son corps se relaxant en dépit de la douleur.

Petit à petit, Nate s'enfonça un peu plus profondément en lui, l'étirement était presque insupportable et en même temps, c'était quelque chose qu'il voulait ne jamais arrêter. Ils respiraient tous les deux lourdement, et de la sueur brillait sur le front de Nate dans la lueur du lampadaire.

Quand Nate fut presque à l'intérieur, il frappa un point sensible qui fit voir des étoiles à Lucas, un gémissement de plaisir glissant de ses lèvres. Avec un autre baiser et un petit sourire, Nate commença à donner des coups de reins profonds, touchant ce point à chaque fois.

Lucas ondula avec lui, la douleur s'évaporant pour laisser place à un pur moment de plaisir. Nate pressa les genoux de son amant contre son torse et le pénétra encore, attrapant l'une de ses mains. Lucas avait l'impression qu'il rêvait, qu'il était dans un monde où rien d'autre n'existait que Nate et lui. Leurs regards se rivèrent l'un à l'autre tandis que leurs corps fléchissaient et se balançaient. Son compagnon était *en lui*, et Lucas pouvait le sentir jusqu'à son âme.

Son sexe était dur et fuyant, serré entre leurs corps tandis que Nate augmentait la vitesse de son rythme. Il trouva ce point sensible à nouveau, grognant doucement tandis qu'il le frappait encore et encore. Lucas ne put retenir son cri alors qu'il jouissait, l'orgasme le déchirant. Toujours tremblant, Nate s'enfonça durement deux autres fois avant de frissonner de sa propre jouissance.

Lucas grimaça quand son amant sortit de lui. Ce

dernier déposa un baiser sur son épaule, murmurant quelque chose qu'il ne comprit pas. S'asseyant, Nate jeta le préservatif usé dans la poubelle à côté de son bureau. Avant que Lucas lui demande de rester, il remonta les couvertures sur eux, enveloppant celui-ci étroitement dans ses bras.

Nate embrassa l'oreille de Lucas.

— Dors, murmura-t-il.

Le chagrin qu'il éprouvait pour son père s'était estompé pendant un moment, et il se sentit complet d'une manière qu'il ne pouvait expliquer tandis qu'il fermait les yeux dans les bras de Nate. Lucas n'avait pas voulu tomber amoureux, mais il réalisa avec émerveillement que c'était exactement le cas.

Chapitre Huit

COURANT, LUCAS ET Nate venaient juste de monter à bord du ferry quand celui-ci quitta le quai. Ils éclatèrent de rire, leurs souffles froids provoquant des nuages devant lui. La plus grande partie des passagers se trouvaient à l'intérieur, mais Lucas aimait regarder la ville. Sur le pont supérieur, Nate et lui se penchèrent contre la rambarde et retinrent leurs souffles.

Cela avait été une journée parfaite.

Le Musée d'Art Métropolitain était bondé de vacanciers, mais Lucas le remarqua à peine. Nate et lui étaient dans leur petit monde à eux, et il se promit de profiter de l'instant présent seulement et de s'inquiéter du futur quand le moment arriverait.

Bien sûr, alors qu'il se tenait à côté de son amant, regardant la Statue de la Liberté au loin, son esprit erra vers son inévitable retour à l'université. Il soupira bruyamment, et Nate le poussa doucement du coude, un sourcil haussé.

— Je pense juste au Nouvel An. À mon retour au campus.

Le ton maussade de Lucas parlait pour lui.

Nate fut silencieux pendant quelques instants.

— Alors, pourquoi y retournes-tu ?

— Parce que je le dois.

Où aller sinon ?

— Que fais-tu à Brookfield ? Même Sam a remarqué que tu étais malheureux.

— Quoi ? Sam et toi parlez de moi ?

— Pas d'une mauvaise manière, mais mon ignorant de frère a remarqué que tu n'étais pas heureux là-bas.

Il prit une profonde inspiration, comme s'il se préparait à dire quelque chose.

— Tu pourrais emménager ici en été. Changer d'université, il y en a plusieurs que tu pourrais choisir. Tu pourrais découvrir ce que tu veux vraiment faire de ta vie.

La pensée de retourner à Brookfield et dans le dortoir bruyant, de retourner à ses livres de chimie et au diplôme qu'il ne voulait pas vraiment emplit Lucas de terreur. Peut-être que Nate avait raison. Qu'est-ce qu'il l'empêchait vraiment de venir à New York et de vivre sa vie ?

Son père avait voulu qu'il soit heureux, et Lucas avait prétendu pendant longtemps que les rêves de son père pour lui étaient les siens.

— Eh bien, ce serait vraiment génial de vivre à New York si je pouvais me le permettre. Je veux dire, j'ai l'argent qui me provient de mon père, donc je suppose que je le peux.

De l'excitation l'envahit soudain.

— Je suppose… j'imagine que rien ne m'arrête vraiment. Waouh.

— Ça t'en bouche un coin, hein ? fit Nate en souriant.

— Un peu. Brookfield était l'université où mon père voulait aller, mais il n'avait pas eu de bonnes notes. Alors, quand on m'a accepté, il était aux anges.

Lucas frissonna alors qu'un vent glacial se levait, ses oreilles le piquant. Il avait stupidement oublié son bonnet.

— Mais il voudrait que je sois heureux.

— En effet.

Lucas ne put s'arrêter de sourire.

— Qu'en est-il de toi ? demanda-t-il. Vas-tu quitter le droit ? Te tourner vers la photographie ?

— Quoi ? Non. Je ne suis pas assez doué, dit Nate

dédaigneusement.

— Si, *tu l'es.*

— Tu es gentil, mais je n'ai pas le talent, dit-il en souriant tristement et marmonnant sous sa barbe « *mon petit hobby* ».

— Ta mère n'a aucune idée de ce dont tu es capable. Tu as *tellement* de talent. Tu as peur de prendre le risque, mais tu t'attends à ce que *moi*, je le fasse.

Nate fut silencieux pendant un long moment, regardant l'horizon et la ville disparaître. Finalement, il soupira.

— Tu as raison, je suis un hypocrite.

Il enveloppa ses bras autour de lui-même, frissonnant tandis que le vent fouettait l'eau.

— Tu n'as pas à l'être. Aucun de nous n'est heureux. Nous devons apporter un changement. Nous pouvons le faire ensemble.

Nate le regarda.

— Ensemble ?

— Oh, je veux dire… non… je ne…

Lucas prit une profonde inspiration. Il était temps d'arrêter d'avoir peur.

— Oh tant pis ! Oui. Ensemble. Toi et moi. Je t'aime vraiment bien. Et je sais que tu ne veux pas d'un petit ami, alors je gaspille probablement ma salive, et c'est juste une aventure de vacances.

Nate redressa ses lunettes, et Lucas réalisa qu'il le faisait toujours quand il était nerveux.

— J'y ai réfléchi, dit Nate après avoir pris une profonde inspiration. Tu es seulement à quelques heures de route. Sam est souvent sur la route pour les matchs de basketball au début de l'année, et il ira à Daytona pour les vacances de printemps. Je pourrais venir.

Lucas essaya de réprimer la vague d'excitation et échoua complètement. Puis une pensée le frappa et son sourire s'évanouit.

— Et que se passera-t-il quand nous ne serons pas ensemble ? Vas-tu sortir avec d'autres hommes ?

Nate se pencha vers lui.

— Je ne veux sortir avec personne d'autre que toi, Lucas.

Une joie sans nom explosa dans le torse de Lucas comme la créature dans *Alien*.

— Je pensais que tu ne cherchais pas de petit ami.

— Je ne le cherchais pas, confirma Nate en souriant. J'imagine que c'est lui qui m'a trouvé. Si tu me veux.

Ne se souciant de personne, Lucas jeta ses bras autour de son compagnon.

— Je le veux.

Nate le retint contre lui, leurs joues pressées l'une

contre l'autre. Lucas regarda le soleil se coucher au loin par-dessus les gratte-ciel distants, dans un éclair de rouge et d'orange. Il avait un petit ami. Il allait emménager à New York. Il avait un petit ami. Peut-être que les miracles de Noël existaient vraiment.

Quand Nate se mit à rire et dit « peut-être », Lucas réalisa qu'il l'avait dit à haute voix. Il enlaça son amant plus étroitement encore.

INSTALLÉ DANS L'UBER, Nate vérifia son téléphone.

— Nous avons manqué l'allumage de la menora la dernière nuit de Hanoucca. Si nous manquons la synagogue, je suis cuit.

Quand ils étaient arrivés dans une maison sombre, ils s'étaient rapidement changés, Lucas lui empruntant une cravate et une veste.

— Mais je pensais que vous n'étiez pas si croyants, dit Lucas.

— Nous ne le sommes pas, mais nous devons toujours aller à la synagogue au moins une fois à chaque fête, ou nous en entendrons parler de Papa. J'aime ça, en fait.

Sautillant devant le temple, Nate monta les marches deux à la fois avant de s'arrêter brusquement et de tirer un bout de tissu rond, d'un gris foncé de sa poche. Il le plaça sur sa tête.

— D'accord, dit Lucas, cela va te sembler stupide comme question, mais…

— Comment se fait-il qu'elle ne tombe jamais ? termina Nate. Des années d'expérience.

Il sortit un autre morceau de tissu de sa poche, celui-ci de couleur noire.

— Toi, par contre, tu as une épingle à cheveux pour ta *yarmulke*.[4]

Lucas se tint immobile pendant que Nate le plaçait doucement sur sa tête. Leurs têtes étaient proches l'une de l'autre, et le souffle chaud de Nate effleurait la joue de son amant.

— Et voilà, dit Nate en reculant. Elle te va très bien. Et moi ?

Il se mit à rire soudain, levant les yeux au ciel.

— Je sais, j'ai l'air d'un idiot.

De gros flocons de neige avaient commencé à tomber, s'incrustant dans les cheveux de Nate, et tachetant ses lunettes.

Lucas lui dit la vérité.

— Tu as l'air magnifique.

Nate se pencha vers lui, leurs lèvres à quelques centimètres de l'autre. Juste à ce moment-là, un van se gara,

---

[4] Kippa.

déposant une famille papotant joyeusement qui les dépassa rapidement sur les marches. Lucas et Nate les suivirent, trouvant un siège à l'arrière de la salle.

Lucas regarda avec émerveillement le plafond en bleu et or qui les surplombait. Un autel central séparait deux rangées de bancs, et des lustres ornés étaient accrochés à des colonnes en forme d'arc le long de chaque côté de la pièce, avec une tribune de sièges supplémentaires sur le côté gauche et le côté droit à travers les arcs du second étage. La salle était comble.

Le rabbin parla de liberté, de surmonter la peur et le désespoir. Alors que le service continuait, Lucas fut empli d'un sentiment de paix qu'il n'avait jamais expérimenté. Il pensa à son père et sourit. La douleur était toujours là, mais Lucas savait qu'il traverserait ça.

Regardant à sa gauche, il vit la main de Nate sur le banc à côté de lui. Glissant sa paume sur le bois poli, il toucha son petit doigt du sien. Il aurait pu être satisfait par ce seul contact, mais quelques instants plus tard, Nate retourna sa main. Tandis que la congrégation poursuivait sa chanson, Lucas couvrit la paume de Nate avec la sienne, entrelaçant leurs doigts.

Lucas n'en comprit pas les paroles, mais il essaya de chanter avec eux quand même.

Après le service et la socialisation, les Kramer et Lucas

ouvrirent les portes de la synagogue pour découvrir un monde couvert de blanc. De gros flocons de neige tombaient, inondant tout et donnant à la nuit une clarté surnaturelle et sereine accompagnés du doux souffle du vent. Ils s'arrêtèrent tous pour admirer la beauté de la première tombée de neige de l'hiver.

Les doigts de Madame Kramer effleurèrent la kippa de Lucas joyeusement.

— Cela te va très bien, Lucas. Tu vas devoir revenir pour Pâques !

Accrochant son bras à celui de son mari, elle les conduit sur les marches enneigées.

— Allons à la maison pour dîner.

Nate et Lucas les suivirent l'un à côté de l'autre, aucun d'eux ne put cacher son sourire.

Dans le salon des Kramer, les bougies de la menora avaient fondu, et Lucas fut désolé qu'il n'ait pas eu la chance de voir les huit chandelles allumées. Peut-être l'année prochaine…

Madame Kramer fit un petit bruit de bouche alors qu'elle examinait ses chaussures noires à talons hauts.

— Je n'aurais pas porté ces chaussures si j'avais su qu'il allait neiger. Au moins, il n'y avait pas de verglas.

Monsieur Kramer lui prit les chaussures.

— Je vais les nettoyer. Ne t'inquiète pas.

Il embrassa sa joue et elle lui sourit largement.

Lucas sourit en les regardant. Il croisa le regard de Nate, ayant voulu lui montrer la même affection. *Mon petit ami. J'ai un petit ami !* Son compagnon lui adressa un petit sourire. Peut-être qu'ils pourraient se rendre dans la chambre rapidement et s'embrasser pendant une minute ou deux.

Puis Sam dit soudain :

— Pourquoi vous vous souriez comme ça, les gars ?

— Hein ? fit Lucas en détournant la tête. Rien. J'ai juste… hum… faim. J'ai hâte de dîner.

— Eh bien, nous avons un bon repas qui nous attend, dit Madame Kramer. Tout le monde à table.

— Et d'où vient ce bon repas ? demanda Monsieur Kramer.

— De chez Baggio, répondit-elle. De la viande de veau tortellini, notre burrata favorite et une salade à la tomate, et ce risotto aux champignons que Nathaniel aime tant, et du pain à l'ail bien sûr. Et une panna cotta pour le dessert.

À Lucas, elle ajouta :

— Je suis sûr que tu as remarqué que je n'aimais pas trop la cuisine.

— Moi aussi.

Ils se mirent tous à rire, et Lucas fit courir une main

dans ses cheveux, sa kippa tomba.

— Oh ! Désolé.

Se mettant à rire, Nate s'approcha de lui et tendit la main pour enlever l'épingle.

—Ce n'est rien. Nous les portons seulement au temple.

Il arrangea les cheveux de Lucas, envoyant des frissons dans sa colonne vertébrale. Il avait hâte qu'ils soient seuls et qu'ils...

— Alors, les gars, vous baisez ensemble ou quoi ?

Le cœur de Lucas bondit violemment, sur le point d'être malade et menaçant de rendre le burger qu'ils avaient mangé pour le déjeuner. Nate enleva rapidement ses mains, ayant l'air de s'étrangler, son visage complètement rouge.

Les Kramer pivotèrent dans l'embrasure de la porte de la cuisine, bouche bée.

— *Samuel* ! aboya Madame Kramer.

— Quoi ? fit Sam en levant les yeux au ciel. Désolé : Alors, les gars, *vous faîtes l'amour ensemble* ou quoi ?

Alors que Nate bredouillait, son frère ajouta :

— Allez, mec. Nous savons tous que tu es gay.

La poitrine descendant et se relevant rapidement, Nate regarda ses parents et Sam. Il croisa les bras et Lucas voulut se rapprocher un peu plus pour que son compagnon sache qu'il n'était pas seul, mais il ne pensait pas que cela serait utile. Il enfouit ses mains dans ses poches, patientant.

Monsieur Kramer soupira.

— Fils, nous attendions que tu nous le dises. Était-ce la mauvaise chose à faire ?

— À moins que nous nous soyons trompés, après tout ? demanda Madame Kramer.

Nate eut un rire dur.

— Tu serais soulagée si c'était le cas.

Elle rejeta la tête en arrière en cillant.

— Non. Ce n'est pas vrai du tout.

— Oh, allons, maman, dit Nate, la mâchoire serrée, les narines frémissantes. Je sais que tu penses que les personnes gay sont *vulgaires*.

— Ce n'est pas vrai !

Elle se redressa de toute sa hauteur, son mari posant une main réconfortante sur son épaule, fronçant les sourcils en direction de Nate.

— Mec, de quoi tu parles, putain ? demanda Sam en levant ses grosses mains en l'air. Maman et papa sont totalement d'accord avec ça.

— Nate, nous t'aimons, dit Monsieur Kramer. Nous n'avons pas voulu insister. Le rabbin Lowenstein nous a conseillé de te laisser faire ton coming-out quand tu serais prêt.

— Vous avez parlé au rabbin ? cria Nate. Super, maintenant tout le monde le sait probablement. Qu'en est-il du reste de la famille ?

— Non, répondit Monsieur Kramer. D'abord, le rabbin Lowenstein ne trahirait jamais notre confiance. Nous avons demandé son conseil à titre confidentiel. Et nous ne l'avons dit à personne d'autre dans la famille, mais je sais que certains d'entre eux le savent. Ce sera ton choix quand tu voudras leur dire ou non.

— Pourquoi as-tu dit ça ? Que je trouvais les personnes gay « vulgaires » ? demanda Madame Kramer.

Ses lèvres tremblaient et sa voix également.

Quand Nate parla, il ne cria pas cette fois-ci. En fait, c'était à peine un murmure.

— Il y avait une pride parade aux informations. Dix ans plus tôt, je crois. Il y avait des gars qui portaient des slips de bain sur un char, et tu as dit que c'était vulgaire. Avec beaucoup de dédain.

Elle expira douloureusement.

— Eh bien, des hommes qui ondulent leurs bassins alors qu'ils ne portent que de petits slips de bain *sont* vulgaires. Je n'aime pas ce genre d'exhibitions. Les slips de bain sont faits pour être portés à la plage. Cela n'a rien à voir avec le fait d'être gay.

— Elle n'a jamais aimé les concours de beauté pour la même raison, dit Monsieur Kramer. Et il n'y a aucun bassin qui ondule dans ceux-là.

Les yeux de sa mère brillèrent de larmes.

— Nate, as-tu pensé pendant tout ce temps que je n'approuverais pas ?

Déglutissant difficilement, Nate hocha la tête, ses yeux baissés sur le tapis beige. Sa mère réduisit la distance entre eux en une seconde, et enveloppa ses bras autour de lui. Les larmes glissaient sur ses joues, et il se pencha vers elle pour poser sa tête sur son épaule, se voûtant puisqu'elle était plus petite.

— Tu n'aurais pas pu avoir plus tort, dit-elle. Je t'aime. Je veux que tu sois heureux. C'est ce que nous voulons tous.

Les yeux de Lucas brûlèrent, et il cligna des yeux rapidement, sursautant quand Monsieur Kramer serra son épaule.

— Lucas, je sais que nous venons juste de nous rencontrer, mais j'espère que tu sais que tu es le bienvenu ici. Gay, hétéro, peu importe. Cela n'a pas d'importance pour nous.

— Je... merci.

Lucas déglutit difficilement, la voix tremblotante.

— Je le suis. Gay, je veux dire. Nous...

Il s'interrompit en regardant Nate, qui releva la tête et s'écarta de sa mère, s'essuyant les yeux.

Nate hocha la tête.

— Nous nous aimons vraiment beaucoup. Nous allons nous voir au Nouvel An et voir ce qu'il se passera ensuite.

— Je le savais ! chantonna Sam.

— La ferme, marmonna Nate.

Mais il n'y avait aucune animosité dans son ton. Son regard passa de sa mère à son père.

— Je suis désolé si je ne vous l'ai pas dit auparavant. Que j'étais gay. Je ne pensais pas vraiment que vous seriez d'accord.

Les larmes se formaient à présent dans les yeux de Monsieur Kramer.

— Je suis désolé que nous t'ayons donné cette impression.

Il attira Nate dans ses bras, et Lucas cligna des yeux rapidement, une chaleur sans nom envahissant son torse, son souffle redevenant régulier maintenant.

Sam tapota Lucas sur son épaule d'un air joueur.

— Mec, ça doit être une torture pour toi de partager ma chambre et de me voir nu et tout ça. Mais merci de ne pas m'avoir dragué ou quoi que ce soit d'autre.

Lucas retint un rire et essaya de garder un visage

impassible. Il échoua misérablement et même Nate sourit en se séparant de son père.

Sam haussa les épaules.

— Quoi ? C'est vrai ! Hello, je suis super sexy !

Lucas hocha la tête, essayant de ravaler un rire.

— C'était un vrai défi, Sam. J'apprécie ta compréhension.

— Les personnes gay sont juste comme n'importe qui d'autre, et je pensais que ce serait dur de vivre avec une gonzesse super chaude que je ne pourrais pas toucher.

Nate le regardait toujours d'un air sceptique.

— Tu es vraiment d'accord avec le fait que je sois gay ? Et de sortir avec Lucas ?

— Complètement, frérot.

Nate sourit et secoua la tête.

— J'ai pensé que tu allais me détester.

Sam semblait interloqué.

— Mec, je ne te *détesterais* jamais !

Il prit Nate dans une étreinte d'ours, lui tapotant le dos avec force.

— Tu es mon frère. Et ça changerait quoi si vous baisez tous les deux ?

Il grimaça avant d'ajouter.

— Désolé, maman et papa. Je veux dire « si vous

faites l'amour avec des gars ».

— Nous apprécions vraiment ton soutien. Cela signifie beaucoup, dit Lucas.

— Hé, nous sommes amis, pas vrai ? Bien sûr que je te soutiens, dit Sam en se tournant vers Lucas et en l'étreignant.

Alors que Sam lui claquait le dos à son tour, Lucas sourit.

— De vrais amis.

Il était heureux de découvrir qu'il le pensait vraiment.

— Eh bien, maintenant que nous avons réglé ça, dit Madame Kramer en se mouchant le nez délicatement, puis pliant la serviette ensuite. Notre dîner est au chaud dans le four, et nous ne voulons pas qu'il brûle. Allons nous asseoir à table cette fois-ci au lieu de manger devant la télé.

Les deux jeunes hommes partagèrent un sourire alors qu'ils se rendaient à la salle à manger. Lucas serra la main de Nate.

— Oh, autre chose, dit Madame Kramer, en se retournant. Maintenant, je sais que vous savez tout ce qu'il faut sur les protections. En ce qui concerne…

Elle s'interrompit en agitant la main.

Nate grogna.

— Papa, fais-la taire !

Monsieur Kramer glissa son bras autour des épaules de sa femme.

— Viens, ma chérie. Allons célébrer la dernière nuit de Hanoucca et laissons les rapports sexuels protégés pour un autre jour.

— Ne voulais-tu pas dire les rapports *amoureux* protégés ? demanda Sam tandis qu'il les suivait, apparemment très amusé par sa propre blague. Hé, puisque nous allons manger italien, nous devrions boire du vrai vin avec le dîner, pas vrai ? Pas cette connerie sucrée. Je veux dire ce *truc* sucré.

Alors que sa famille disparaissait à l'angle du couloir, Nate s'arrêta. Il avait l'air légèrement étourdi, ses lunettes étaient de travers. Lucas les redressa.

— Ça vient vraiment d'arriver ? demanda Nate.

— C'est arrivé.

— Je ne peux pas le croire. J'ai été un vrai idiot apparemment.

— Apparemment.

Nate éclata de rire.

— Hé ! fit-il en fronçant les sourcils d'un air faussement offensé. Je pensais que les petits amis étaient censés être encourageants.

— Désolé.

Regardant rapidement autour de lui, Lucas embrassa Nate.

— Je me ferais pardonner plus tard.

— Marché conclu, sourit Nate.

Puis il secoua la tête.

— Je ne peux pas croire que ma famille soit d'accord à propos de ça. Je suppose que les miracles arrivent bien à Hanoucca.

Lucas lui donna un autre baiser.

— Je le pense aussi.

Épilogue

Un an plus tard…

DU SEUIL DE la porte d'entrée, Madame Kramer regarda le studio, qui apparaissait maintenant plus petit grâce à l'arrivée des affaires de Nate.

— Eh bien, c'est… douillet.

Elle tenait ses gants en fourrure, son long manteau noir toujours boutonné.

Lucas passa entre quelques cartons et le mur de gauche et s'avança vers la cuisine étroite, qui était séparée du salon par un comptoir.

— Puis-je vous offrir une bouteille d'eau ? proposa-t-il.

Il avait beaucoup sué, ayant enlevé sa chemise à carreaux et ne portant qu'un tee-shirt blanc et un jean.

— Non, trésor, nous ne pouvons pas rester, répondit Madame Kramer.

Son regard dériva sur sa droite vers la prétendue chambre, qui était vraiment plus un recoin derrière un demi-mur, assez grand pour le grand lit que Lucas avait amené du Michigan après avoir fait le tri dans l'entrepôt.

Il s'était débarrassé de beaucoup de choses, mais avoir le canapé en cuir marron de son père et le fauteuil contre le mur droit dans le salon rendait l'appartement vide plus chaleureux. La télévision était toujours dans sa boîte, ainsi que la plupart des affaires de Lucas.

Nate et son père poussèrent du coude Madame Kramer pour entrer à leur tour, portant les dernières boîtes de Nate. Monsieur Kramer s'étira le dos avec un long gémissement.

— Très bien, vous êtes tous les deux installés, dit-il.

— À peine. Regarde tous ces cartons qui doivent être déballés. Je pensais que le rabbin Lowenstein avait dit que c'était un studio « spacieux » ? Et votre vue est un mur en brique. C'est une bonne chose que vous soyez au dixième étage pour que vous puissiez regarder le ciel.

Elle émit un claquement de langue.

Nate se traça un chemin parmi les piles de boîtes et prit l'eau du frigidaire vide.

— Ça l'est, maman. Nous avons vu des tas d'appartements minables depuis le début de l'été. Celui-ci est super parce que le prix nous convient. La sœur du cousin du rabbin Lowenstein nous a fait une bonne remise.

— Après six mois à partager la chambre de Nate à la maison, je suis sûr que ceci te parait comme du luxe, dit Monsieur Kramer.

— Totalement, convint Lucas, puis ajouta rapidement, non que votre maison ne soit pas agréable ! Je vous remercie de m'avoir laissé rester chez vous.

Il avait demandé son transfert à l'université de New York après avoir fini son année à Brookfield, et les Kramer avaient été incroyablement généreux en le laissant emménager avec eux pendant que Nate et lui cherchaient un appartement, qui était un sport sanguinaire dans la ville de New York.

Les Kramer sourirent, et le père de Nate tapota l'épaule de Lucas.

— Nous le savons, fils. Nous savons aussi à quel point c'est excitant d'avoir un chez-soi.

— Et Hell's Kitchen a fait du chemin, dit Madame Kramer. Tellement de restaurants par ici. Mais c'est un peu bruyant.

Une sirène hurla au loin à ce moment-là.

— Allez, Deanna. Les garçons, nous vous verrons bientôt. Hanoucca commence demain, alors nous comptons sur vous pour le dîner. Appelez-moi si vous avez besoin de quelque chose, dit Monsieur Kramer en incitant sa femme à se diriger vers la porte.

Elle donna à Nate un gros câlin et l'embrassa tendrement sur le front avant de reculer.

— Sois sage, *bubala*.

Dès que la porte se ferma derrière eux après plusieurs au revoir, Lucas croisa les yeux de Nate à travers les piles de cartons, et ils se sourirent. Ce dernier regarda autour de lui, contemplant la salle de bain qui faisait face au pied du lit, dans l'angle.

— Qu'allons-nous faire avec tout cet *espace* ?

Lucas se mit à rire.

— Attends de voir l'aile Est. C'est impressionnant.

— Mais c'est le *nôtre*.

Nate prit son téléphone de sa poche et prit quelques photos.

— Je vais prendre quelques photos quand nous aurons tout déballé, mais je veux documenter tout le processus.

— Devrais-je être le modèle, Monsieur le photographe ?

— Toujours, dit Nate en lui adressant un clin d'œil et en prenant quelques autres photos alors que Lucas faisait des grimaces et posait avec les cartons.

Nate avait postulé à Tisch pour la photographie, sans

le mentionner à ses parents, attendant d'abord de voir s'ils l'accepteraient. Bien sûr, ce fut le cas – Lucas en avait été certain, c'était gagné d'avance –, et il l'avait dit ensuite à sa famille. Ils ne l'avaient pas bien pris au début, mais ils avaient accepté ou bien ils s'étaient résignés. Dans tous les cas, ils étaient d'un grand soutien.

Nate regarda le lit par-delà le demi-mur.

— Nous avons finalement un vrai lit qui va nous correspondre. J'ai hâte d'y dormir avec toi, chaque nuit.

Bien qu'ils aient couché ensemble dans la chambre de Nate, ils avaient dormi dans des lits séparés.

— Dormir, seulement, hum ? demanda Lucas.

— Baiser est une évidence. Pfff.

Il se mordit la lèvre.

— En parlant de ça, continua-t-il, peut-être que nous devrions baptiser notre nouveau lit. Tu peux crier autant que tu veux.

Lucas ne se fit pas prier. Ils contournèrent les cartons, tombant sur le matelas nu. Le poids de Nate sur son corps était si bon… si juste. Il enleva doucement les lunettes de son compagnon et les posa sur l'étagère encastrée dans le demi-mur séparant le lit de l'entrée et du salon. Puis il passa le sweater par-dessus sa tête et embrassa son torse doux, ses dents mordillant les tétons roses de Nate, le faisant se tortiller et gémir.

Le goût de la peau salée de Nate était grisant. Lucas roula sur lui-même, sa bouche posée constamment sur le corps de son amant, retirant ses vêtements alors qu'il poursuivait ses caresses jusqu'à ce que Nate soit nu sous lui. Ils se déchaussèrent et enlevèrent leurs chaussettes.

— Je dois te baiser. Ou bien, tu me baises. Peu importe. Je dois te sentir, dit Nate en grinçant des dents, et sa queue déjà dure en était la preuve.

Lucas s'assit sur ses genoux et se dépouilla rapidement de ses propres vêtements.

— Merde ! Où avons-nous emballé le lubrifiant ?

Ils avaient arrêté d'utiliser des préservatifs maintenant qu'ils étaient complètement engagés l'un à l'autre et avaient eu de bons bilans de santé.

— Dans le carton des produits de toilette ? Oh, attends, attends. Dans mon portefeuille. Ils donnaient ces petits paquets au campus pour le cours d'éducation sexuelle ou quelque chose comme ça.

Lucas chercha dans les poches du jean de son compagnon et revint avec le lubrifiant, jetant le petit paquet à Nate.

— Mets-en un peu sur toi.

Nate l'ouvrit et frotta le liquide entre ses paumes avant d'enduire son membre tandis que Lucas chevauchait ses hanches.

Nate se caressa avec une main glissante et l'autre trouva l'entrée de Lucas. Il enfonça ses doigts durement.

— Merde, tu es serré. Tu es si sexy. Je ne peux pas croire que nous soyons ici. Dans notre propre appartement.

— Moi non plus.

Le cœur battant, le désespoir alluma un feu dans les veines de Lucas. Bien qu'ils se soient caressés dans la douche, ce matin-là, il avait l'impression qu'une éternité était passée. Il passa par-dessus le sexe de Nate, manœuvrant son corps pour se mettre en position.

Avec un gémissement bruyant, il se glissa vers le bas et le bout du membre de Nate l'étira douloureusement. Il se mordit la lèvre alors qu'il se forçait à prendre son sexe.

— Waouh ! Je ne veux pas te blesser, l'arrêta Nate en retenant fermement les hanches de son amant, stoppant son mouvement.

Lucas frissonna, la douleur dans son cul fut brûlante tandis qu'il s'abaissait. *Presque.*

— Je veux te sentir demain. Je veux ta queue. J'en ai besoin.

Les yeux assombris par le désir, Nate prit ses lunettes.

— Tu es si beau. Je pourrais te regarder toute la journée. Je veux une photo de toi comme ça. Avec ma queue à l'intérieur de toi.

Il plia les jambes et donna un coup de reins. Lucas cria tandis qu'il s'empalait complètement, le plaisir et la douleur se mélangeant alors qu'il chevauchait Nate.

— Oh bon sang, oh bon sang !

— C'est ça. Crie autant que tu veux.

Lucas serra son entrée sur le membre de Nate tandis qu'il ondulait. Sa propre queue était aussi dure que de la pierre, et Nate tendit la main, le caressant durement. Lucas cria encore et encore.

— Oh, oh, bon sang !

De la sueur humidifiait son sourcil et sa nuque, leurs peaux étaient glissantes où leurs corps se joignaient. Un sentiment d'abandon envahit Lucas, une absence totale d'inhibition tandis qu'il s'abaissait sur le sexe de Nate encore et encore, deux corps qui n'en faisaient qu'un.

— J'aime ton cul. Tu es si serré, oh merde, marmonna Nate, et il caressa fortement le sexe de Lucas, son pouce taquinant sans merci son gland. J'adore venir en toi. Je veux que tu jouisses sur moi.

Soudain, Lucas explosa, giclant sur Nate tandis qu'il continuait toujours ses va-et-vient. Ses cris auraient sûrement réveillé les morts, mais il laissa tout sortir. Nate le baisa dans un rythme presque saccadé, la tête rejetée en arrière et les yeux fermés. La voix rauque, Lucas le pressa.

— Emplis-moi.

Après quelques autres coups de reins, Nate frissonna, son sperme emplissant profondément le cul de Lucas. Celui-ci serra son entrée, essayant de profiter de chaque goutte avant de s'effondrer sur le torse de Nate en embrassant sa gorge. Ils haletèrent, leurs corps humides et collants, et Nate fit légèrement courir ses doigts sur la colonne vertébrale de Lucas.

— Je crois que nous devrions déballer les cartons, murmura ce dernier.

— Cinq autres minutes. Ou dix.

Après s'être nettoyé, Lucas bâilla sur le matelas, toujours nu. Cela avait été un long voyage du Michigan la veille. Peut-être qu'il pourrait juste fermer les yeux pendant quelques minutes…

Il ne sut pas quelle heure il était quand il se réveilla couvert d'une couverture douillette. S'étirant, il s'assit avec réticence. La lampe du plafond de la cuisine était allumée, éclairant tout l'appartement, et Lucas fut surpris de voir qu'il faisait déjà sombre à travers les fenêtres.

Jetant un coup d'œil par-dessus le demi-mur, il se concentra sur Nate qui se trouvait en face du réfrigérateur.

— Combien de temps ai-je dormi ?

Nate sursauta violemment, et pivota.

— Seigneur. Deux heures. Tu étais crevé. J'ai déballé

quelques cartons et j'étais juste…

Il regarda derrière lui dans le réfrigérateur.

— Je ne sais pas si j'ai bien fait, mais j'ai pensé que tu aimerais ça. Je l'ai rendu plus accueillant.

Lucas réalisa que le réfrigérateur était à présent couvert de magnets. Il avait amené une grande boîte en plastique remplie de la collection de son père, et maintenant ils décoraient le réfrigérateur. S'entourant de la couverture, il s'en approcha, regardant les images familières.

Il y avait un magnet rose en forme de la ville de Floride ; une réplique ringarde du tramway de San Francisco ; un surfeur hawaïen avec les mots : « Hang Ten ! » ; un morceau de fromage du Wisconsin ; une vieille bouteille de coco ; un autre du Musée National de l'Air et de l'Espace qui proclamait : « l'échec n'est pas envisageable ».

Lucas déglutit difficilement. Ils y étaient tous, hors de la boîte et accrochés là où était leur place. Son père l'aurait adoré.

— C'est…

— Tu peux changer l'ordre bien entendu. Je suis désolé. J'aurais dû te laisser faire.

— Non. Merci d'avoir fait ça, le rassura-t-il en croisant le regard inquiet de Nate. C'est parfait.

Il n'avait pas d'autres mots, alors il embrassa son amant à la place et l'attira au lit.

Après avoir terminé les déballages le lendemain matin et de s'être débarrassé des choses qui n'iraient pas dans l'appartement, Lucas suggéra qu'ils aillent à l'Union Square. L'endroit était rempli de lumières de Noël et plein à craquer de stands artisanaux en bois. Ils errèrent dans les rangées de cabines tandis que la bruine légère se transformait en gros flocons de neige. Lucas était ému par l'esprit de Noël.

— J'ai une idée.

Nate baissa son appareil photo et haussa un sourcil.

— Cela a-t-il un rapport avec le sexe ?

— C'est *tout* ce à quoi tu penses ? se plaignit Lucas avec un désespoir feint.

Nate se pencha vers lui, son souffle chaud sur le cou de Lucas.

— Quand tu es avec moi ? Oui, tout le temps.

Malgré lui, Lucas rougit et un frisson de plaisir le traversa.

— Crois-moi, nous arriverons à cette étape plus tard. Maintenant, mon idée implique vingt dollars et cette place du marché.

— Je t'écoute.

— Je propose que nous nous séparions pendant une

demi-heure et que nous nous offrions tous les deux des cadeaux de Hanoucca. La limite est de vingt dollars.

— Ce ne serait pas plutôt des cadeaux de Noël ?

— Appelle-le un cadeau de « Hanouël », alors.

Se mettant à rire, Nate déclara :

— D'accord. Vingt dollars. Une demi-heure.

Il remit son appareil dans son étui et regarda l'heure sur sa montre.

— On se retrouve ici.

Puis il partit, disparaissant dans la foule d'acheteurs. Nate avait toujours aimé un bon défi.

Lucas se précipita dans l'autre direction, examinant chaque stand. Il pensa à une paire de gants en cuire souple et se demanda s'il pouvait faire baisser le prix. En fin de compte, il n'essaya même pas ; la pensée de marchander avec le vendeur le fit se sentir légèrement malade.

Rangée après rangée, Lucas lutta contre la foule, pensant à offrir des choses puis à les rejeter tout aussi vite. Tout était ou bien trop cher ou bien ça ne lui convenait pas. Peut-être que ce jeu n'avait pas été une bonne suggestion après tout.

Une grande étoile juive qui était accrochée sur le toit de l'une des maisonnettes attira son regard et Lucas traversa la foule. Alors qu'il atteignait l'endroit, il entendit le gloussement de Nate sur sa gauche. Ce dernier le rejoignit, souriant.

— Content de te retrouver ici.

Lucas se mit à rire.

— Eh bien, je me suis demandé, qu'offrez-vous à un juif qui a déjà tout ?

— Dis-moi que la réponse n'est pas une étoile juive pour décorer notre nouveau chez nous.

— Jamais de la vie, répondit Lucas en regardant la femme qui gérait le stand. Euh, sans vouloir vous vexer.

La jeune femme agita sa main.

— Aucun souci. Mais je devrais vous dire que ceux-ci sont très populaires chez les femmes d'un certain âge de Staten Island.

Elle indiqua le reste de ses articles.

— Peut-être y a-t-il autre chose qui vous plaira.

Lucas et Nate regardèrent la collection de kippas fantaisie et de croquettes pour chien. Il y avait aussi un coffret à bijoux en velours contenant des colliers en argent et des bracelets avec des étoiles pendantes. Un autre coffret avait des bagues, et Nate en prit une en argent avec une inscription en hébreu, la faisant tourner entre ses doigts.

— Ah, en voilà une beauté, dit la femme. Elle dit « *ani ledodi vedodi li* ». Cela veut dire « j'appartiens à mon bien-aimé, et mon bien-aimé m'appartient ».

Nate tendit sa paume.

— Combien ?

— Attends, quoi ? fit Lucas en clignant des yeux de surprise.

La femme les regarda longuement.

— Je vais vous en donner deux pour soixante dollars. Normalement, c'est quatre-vingts dollars.

Elle jeta un rapide coup d'œil à la main de Lucas et prit une autre bague.

— Essayez celle-là.

Lucas la prit. L'argent était de bonne qualité et la bague avait l'air solide dans sa main. Il adressa un sourire incertain à Nate.

— Euh…

— Ne t'inquiète pas, je ne te demande pas de m'épouser.

Nate prit la bague de la main de Lucas. Il la glissa sur son doigt gauche, où elle lui alla parfaitement.

— J'ai failli y croire.

Son ventre papillonna comme un fou.

Nate sourit.

— Je voulais juste m'assurer qu'elle t'allait.

Il essaya la sienne, la glissant sur son doigt. Elle était un peu trop grande, alors la jeune femme lui donna une autre taille.

Elle sourit.

— Elles vous vont bien, les garçons.

Lucas ne sut pas quoi dire.

— Euh… merci.

Sa tête tournait alors qu'il regardait la bague. Il savait qu'il aimait Nate de tout son cœur, mais ils ne sortaient ensemble que depuis un an.

— Je suppose que nous allons dépasser les vingt dollars.

— Pouvez-vous nous rajouter deux chaînes ? demanda Nate.

La femme réfléchit pendant un moment.

— Vous êtes dur en affaires. Pourquoi pas ? C'est Hanoucca. Presque.

Nate prit la main de Lucas et enleva la bague de son doigt.

— Nous pouvons les porter autour de nos cous jusqu'à ce que nous soyons prêts.

Lucas déglutit difficilement la boule dans sa gorge.

Le sourire de Nate s'évanouit.

— Merde, je t'ai fait peur, hein ? Je sais que c'est l'impulsion du moment et que j'avais l'habitude de dire que je n'avais pas besoin de petit ami et tout le blabla. Mais tu as tout fait changer, et je pensais… écoute, nous ne sommes pas obligés…

— Vas-tu la boucler ? Je t'aime, et tu m'aimes. Alors, pourquoi pas ?

Lucas l'embrassa. Se tournant vers la femme souriante, il sourit en retour.

— Nous allons les prendre.

Montant dans leur ascenseur grinçant, une heure plus tard, Lucas ne pouvait s'empêcher de sourire. Il aimait la sensation de la bague contre son torse et aussi le fait que Nate ressente le même effleurement de son anneau. Lucas se pencha vers lui.

— Tu penses que je serais chanceux, ce soir ?

Nate captura sa bouche dans un baiser.

— Oui, peut-être. C'est une bonne chose que j'ai dit à maman et papa que nous avions trop de cartons à déballer pour venir ce soir.

Une vague de culpabilité envahit Lucas.

— Peut-être que nous devrions partir. Même si nous manquons les bénédictions et l'allumage de la menora, nous pourrions toujours voir tout le monde. Rachel m'a envoyé beaucoup de smileys tristes.

— Ce qui est bien à Hanoucca, c'est que ça dure huit nuits. Nous allons nous assurer d'aller au grand dîner de tante Linda. Je suis crevé. Je veux juste me pelotonner dans notre lit.

— Je ne peux pas vraiment protester, dit Lucas en se blottissant contre son amant. J'aime les nuits calmes.

Au seuil de leur porte, Lucas prit ses clés de sa poche, mais quand il tourna la poignée, la porte s'ouvrit toute seule. Lucas savait qu'il était bouche bée, mais il ne savait pas comment réagir à la vue de ce qui devait être toute la famille de Nate entassé dans leur petit studio.

Une quinzaine de personnes lui rendit son regard, certaines étaient debout dans la cuisine l'une à côté de l'autre, les enfants se trouvaient sur le lit de Nate et Lucas sortant leurs têtes de l'espace ouvert au-dessus du demi-mur.

La première réponse de Lucas fut un éclair de panique, de voir autant de monde dans une si petite surface, mais au moins il n'y avait aucun bruit de basse ou des canettes de bière qui passaient. Il prit une profonde inspiration et expira lentement. Tout allait bien. Ils n'étaient pas des étrangers. Ils étaient de la famille.

Parmi la foule, Lucas aperçut Monsieur et Madame Kramer, les grands-parents de Nate, Sam, Linda et Rachel… qui souriait. Lucas regarda son compagnon qui se tenait à son côté, paraissant tout aussi abasourdi. Nate secoua la tête.

— Je savais que nous n'aurions pas dû donner le

double des clés à mes parents, dit-il.

Des rires s'élevèrent et quelques personnes crièrent « Surprise ! » tandis que Lucas et Nate enlevaient leurs vestes et les jetaient sur le porte-manteau déjà surchargé, derrière la porte.

Madame Kramer leur adressa un regard sévère.

— Eh bien, nous n'avions plus le choix quand tu nous as dit que vous n'alliez pas venir ce soir, répondit-elle. En plus, nous devons donner à ton appartement une crémaillère et des bénédictions appropriées.

Monsieur Kramer tenait une grande boîte rectangulaire. Des symboles en or étaient gravés dessus.

— Dans cette boîte, dit-il à Lucas, se trouve un *mezuzah*. C'est un rouleau de parchemin avec deux chapitres de la Torah manuscrits. Nous accrochons la boîte sur le seuil de la porte pour demander la protection du Seigneur.

Il traversa la foule avec un marteau et ouvrit la porte, clouant la boîte au cadre de la porte.

La tante de Nate, Linda, récita une bénédiction en hébreu, et Lucas inclina sa tête. Quand il la releva à nouveau, au-delà de la foule entassée dans l'appartement, il aperçut une lueur de quelque chose dans la fenêtre. Tendant le cou, il réalisa qu'une menora en or était posée sur le rebord de la fenêtre.

Suivant son regard, Linda s'exclama :

— Regardez le temps ! Le soleil est presque couché et nous devons allumer la menora.

Nate la remarqua pour la première fois.

— Tu as amené la tienne ? demanda-t-il à sa mère.

Elle sourit.

— Non. C'est pour *votre* maison.

Nate l'étreignit et déposa un baiser sur sa joue. Son grand-père s'avança vers la chandelle alors que les personnes présentes s'écartaient du chemin. Le vieil homme, qui portait toujours sa kippa chaque fois que Lucas le voyait, l'arrangea avec un doigt avant de réciter les bénédictions.

Quelques membres de la famille récitèrent avec lui, et Nate glissa son bras sur l'épaule de Lucas. Celui-ci passa le sien autour de la taille de son amant, incapable d'effacer le sourire de son visage.

Quand Papa finit, il indiqua Lucas du doigt. Ce dernier regarda par-dessus son épaule.

— Moi ?

— Oui, toi. Viens allumer les bougies.

Nate hocha la tête et le poussa doucement vers l'avant. Lucas dépassa la table basse et quelques cousins de Nate, et prit la grande allumette du vieil homme.

— Sais-tu quelles bougies allumer ? demanda le grand-père de Nate avec des yeux humides.

Lucas avait l'impression qu'il répondait à la question la plus importante de sa vie.

— Celle du milieu, puis la dernière sur la droite.

Le vieil homme hocha la tête, et Lucas expira et gratta l'allumette. Quand les bougies furent allumées, ils chantèrent une chanson joyeuse. Nate se tenait prés de Lucas, chantant aussi. La nouvelle bague était contre tout son torse, le métal chaud et solide.

Chaque surface de leur petite cuisine était couverte de nourritures… des galettes de pommes de terre, des soufganias et une douzaine de petits plats que Lucas ne pouvait nommer. La bubbe de Nate s'affaira autour d'eux avec Linda, faisant réchauffer chaque chose dans le four et l'ancien micro-ondes de Lucas.

Nate sortit son appareil photo et demanda à Rachel de prendre une photo de Lucas et de lui devant la fenêtre, la menora se découpait dans la neige tombante. Ils se tenaient si près l'un de l'autre que Lucas pensa aux prochaines heures quand ils seraient seuls à nouveau, et quand ils dormiraient dans les bras de l'autre, nus, ne portant que leurs bagues identiques.

Dans leur petit appartement à Hell's Kitchen, plein à craquer de leurs proches, Lucas sut qu'il était enfin à la maison.

FIN

À propos de l'auteur

Keira cherche le parfait mélange de personnages, d'intrigue et de fougue dans ses romances MM. Elle écrit de tout, des pirates flamboyants aux escapades bouillantes et émouvantes. Ses sujets préférés sont les ennemis qui deviennent amants, la différence d'âge, la proximité forcée, et les vierges passionnés. Bien qu'elle aime une angoisse délicieuse en cours de route, Keira garantit les fins heureuses !

Découvrez plus sur son site :
keiraandrews.com

www.ingramcontent.com/pod-product-compliance
Lightning Source LLC
Chambersburg PA
CBHW061543310726
48972CB00008B/2582